われら滅亡地球学クラブ

向井湘吾

幻冬舎文庫

われら滅亡地球学クラブ

われら滅亡地球学クラブ　目次

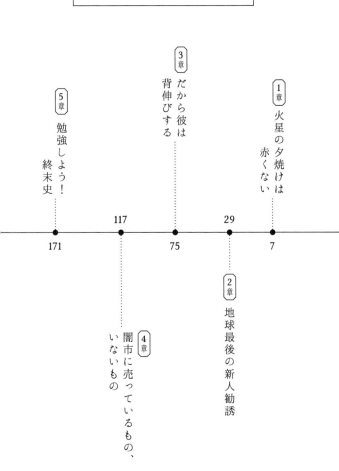

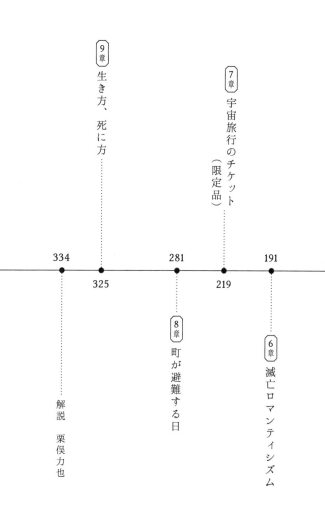

1章

火星の夕焼けは赤くない

「ああ……。藤本《ふじもと》先生ですけどね、昨日から出勤してないんですよ」

「そうなんすか。風邪か何か？」

「いや……」

「じゃあ、失踪っすか」

「おそらく」

担任教師にそう言われて、坊主頭に学ランの高校生――天堂碧《てんどうあお》は生物の教科書を手にしたまま、口をへの字にした。失踪。前兆は、なくはなかった。そろそろ危ないような気はしていた。だから戸惑いは比較的小さい。そう、比較的。

職員室の中では、四、五人の教員が机に向かい、何か書き仕事をしていた。藤本先生のデスクを見やると、本や書類が数日前に見たときと変わらず積み重なって、キノコのようににょきにょきと乱立しているが……。そのうち誰かの手で片付けられ、ほかの失踪者の机と同じように、ただの荷物置き場と化すのだろう。それが三日後なのか、一か月後なのかは知らないが。

碧は担任――白髪交じりのおじさん、大迫《おおさこ》先生に、再び向き直る。

「俺、この前の授業のあと、質問してたんすよね」

「次からは、小菅《こすげ》先生が生物も教えてくれることになりました。あの人の専門は化学《バケガク》ですが、生物も詳しいので」

「分かりました。じゃあ、今度小菅先生に訊《き》きます」

そう言い置くと、碧は踵《きびす》を返した。古くなった出入口の戸を、ガタガタ鳴らして開閉し（ただの戸といえども、年を取ると人間に反抗することを覚えるらしい）、職員室をあとにする。昼間ではあったが、電灯がすべて消えた廊下は薄暗かった。碧は小さく、ため息を吐く。

また一人、教師が仕事を放棄していなくなった。相談しやすい、頼れる兄さんのような先生だっただけに、少し残念である。藤本先生に教わりたいこともまだまだあった。勉強方法を、また考え直さなければならない。

グラウンドの見える廊下を、碧は歩いていく。野球部が、のどが裂けないか心配になるほど声を張り上げてノックをし、サッカー部が、一個のボールを中心とした秩序ある争いを展開している。授業は受けなくても部活だけは参加する、という者もいるからか、思ったより多くの生徒が走り回っていた。彼らの声に混ざって、吹奏楽部の練習音が耳をくすぐる。

足早に廊下を引き返し、昇降口へ。壁には大学受験や就職活動に関する掲示板が設置されているが、貼り紙は一枚もなく、いくつかの画鋲《がびょう》だけが刺さっている。掲示板に穿《うが》たれた無数の穴が、今はむなしい。

靴を履き替え、スカスカの自転車置き場へ。愛車にまたがって、碧は校門を出た。

下校する生徒を何人か追い抜き、焼け焦げ、スクラップと化したまま放置された自動車の横を通り過ぎる。遮断機の下りなくなった踏切を渡って、碧はペダルを踏む足に力をこめた。住宅と畑に挟まれた道は、山へと真っすぐに続いている。

このまま山に向かい、ほかの二人と合流するつもりだった。

しかし、郵便局のそばを通りかかったとき、気が変わった。彼は郵便局の角を曲がると、しばし前進したのち、小さなアパートの前で自転車を停めた。三階建てのその建物はかなり老朽化しており、周囲の雑草は伸び放題になっている。人ではなく野ウサギやタヌキの住み処だと言われても、信じてしまうだろう。

碧は歩いて、ドアが並んだアパート正面から、裏手に回った。各部屋のベランダには枯れた鉢植や、出しっぱなしの洗濯物などが見受けられた。全体的に、集合住宅にあってしかるべき活力のようなものが欠けている。死にかけの動物――刻一刻と死体に変わろうとしている生命を見ているような気分になり、居心地が悪い。

そして間もなく、ベランダのうち一つに、碧は目をとめた。

窓が割れていた。藤本先生の部屋だった。

カーテンが引かれており、室内を覗き見ることはできない。とはいえ、だいたいの事情は察することができた。昨今、仕事を捨てて雲隠れする者は珍しくないが、「失踪」「行方不明」の噂は遅かれ早かれ町中に広まる。　失踪者の部屋は空き巣に狙われ、こうした有様になるわけだ。

割れているのは、窓の鍵に近い部分だ。はたして、中に何かめぼしいものは残っていたのだろうか。藤本先生は、ちゃんと大事なものをすべて持って出かけただろうか。

本当は、しばらくはそこでぼんやりしていたかったのだが。

ややあって、碧は割れた窓に背を向けた。アパートの正面に戻り、再び自転車にまたがる。

彼は郵便局の前まで引き返すと、今度こそ山への道を辿《たど》りはじめた。

(すっかり遅れちまった)

自転車をこぎながら、碧は、先に山に向かった二人のことを考える。

(あいつら、俺が着くまで大人しく待っててくれりゃあいいが……)

碧の胸には、若干の不安。

杞憂《きゆう》であってほしかったが、あいにく、悪い予感は見事に的中した。

「……で、お前はいったい何をしてんだ?」

「見れば分かるでしょ。動けないから、引っぱり上げてほしいの」

腰にロープを巻いた小柄な女子高校生が、宙づりになったままこちらを見上げた。碧は崖の上からその様子を眺め、眉根を寄せる。ロープは彼女の腰から上に伸び、碧の足元の草地を通って、最終的に太い木の幹に結びつけられている。碧の隣では、白衣を着たおさげ髪の眼鏡女子が傍観している。

宙づりの女子――小《こ》松《まつ》玉華《たまか》は、カーゴパンツ、宇宙猫がプリントされた泥だらけのTシャツ、そしていつものポニーテールという姿だった。手にはペンとノートと物差しを持っており、自力では上がれそうにない。

「どうしてそうなった」

「鳥の巣を観察してたの」

玉華は手にした物差しで、崖の中ほどに張り出した岩を指し示した。いや、正確には、張り出した岩の陰になった部分を。碧が崖沿いに少し歩いて角度を変えると……岩を屋根代わりとしたイワツバメの巣が見て取れた。

そこは、舗装された道路からはずれて、自転車では登れないきつい斜面をしばらく進んだ先にある、ほぼ垂直の崖である。遠い昔に崩れたのか、それとも逆に隆起したのか、詳しいことは分からない。とにかく、地面を巨大なスコップで縦方向にえぐり取ったかのようになっており、十メートルほどの高低差が生じているわけだ。玉華はその崖の中ほどよりやや上あたりにぶら下がっている。ちょうど彼女の下には、崖下から生えている木々たちが、落ちてくるかもしれない女子高校生を受け止めるべく枝葉の手を広げてくれているのだが、残念ながら十分なクッションになるほどのものではなさそうだった。

碧はまた玉華の真上まで戻り、隣に立つ眼鏡女子に尋ねた。

「刹那《せつな》、なんで止めなかった？」

「玉華先輩が楽しそうだったので」

堤《つつみ》刹那は悪びれずに答えた。彼女は宙づりになった玉華に、斜め上から自作のピンホールカメラを向ける。洋菓子詰め合わせの空き缶を材料にしたもので、形は立方体に近い。

「先輩、こっちに笑顔を。……ありがとうございます。そのまま、姿勢を変えずに四十秒」

玉華はまばゆい笑顔を刹那に向ける。碧は、それ以上刹那の責任を追及するのは諦めた。坊主頭をかきつつ、黙って四十秒待つ。そして、刹那がカメラにシャッター代わりのガムテープを貼るのを見届けてから、また玉華に声をかける。

「怪我はないか？」

「うん、大丈夫」

「そうか、ならよかった……いや、やっぱりよくないな。山で半袖はやめろって言っただろう。蜂がいたらどうすんだ」

碧は玉華の服装と、細く頼りないロープとを交互に見て、顔をしかめた。

「あと、俺がいないときに危ないことをするな」

「分かった、碧がいるときにする」

「いや、やっぱり俺がいてもするな」

「もう、心配ばっかり。碧はあれだね、石橋を叩くだけ叩いて、結局渡らないタイプだね」

玉華は不満そうな顔をした。そうしている間にも玉華は空中で揺れており、ロープが崖の縁でこすれて、削れた土がポロポロと落下する。碧は気が気ではなかったが、慌てた様子を見せると調子に乗るので、あえて平然としているフリをした。

「それでも、石橋が崩れて落ちるよりはマシだろう」

「私はいろいろ挑戦したいの。死ぬのを遅らせることよりもね、どう死ぬかを考える方が楽しいと思わない？」

「そうか……？」

「人は一回しか死なないんだから。どうせなら楽しく死なないと。ね、刹那？」

「その通りです。さすがは玉華先輩、いいこと言います」

「ぼんやりしてると、私が先に見つけちゃうよ、最期にやること」

「ヌ……」

碧は何か反論しようと思ったが、やめにした。彼は学ランを脱いでワイシャツ一枚になると、黙ってロープに手をやり、引っぱりはじめる。人騒がせな部長は、少しずつ上昇を開始した。刹那は「ファイトです、碧先輩」と応援しているだけで、手伝おうとはしない。春の陽気の中、碧は一人でロープを引く。季節外れの一人運動会。

手のひらにロープが食い込み、意外と痛い。歯を食いしばる。額から汗が噴き出す。顔は真っ赤になっていることだろう。碧はかなりの長時間、ロープと格闘し……最終的には、重力との綱引きに勝利した。

崖っぷちに手が届くところまで引き上げられると、玉華は身をよじり、刹那に助けられながら這い上がってきた。Tシャツがさらに汚れる。碧はホッとして、その場に尻もちをついた。両手はすっかりしびれてしまっていて、感覚があまりなかった。

「ありがと。どうなることかと思ったよ」

「まったくだ。……で、なんで鳥の巣を？」

「車が減って、熊の生息域が広がってるでしょ？　鳥にも何か変化があるのかな、って」

「なるほどな」

プルプルと震えている手をなんとか持ち上げて、碧は汗をぬぐう。できれば休みたかった。が、玉華には端《はな》からそのような選択肢はないようだった。彼女はTシャツについた泥を雑に払うと、ピンホールカメラを手にした刹那と、疲労困憊《こんぱい》の碧に向かって、笑顔で言った。

「じゃあ、さっそく今日の活動を開始します。『カメラ』に向かってレッツ・ゴー」

カメラ。半ば忘れかけていたが、本日の部活の目的は〝それ〟である。碧は痛む両手をなるべく地面につけないようにしながら、よろよろと立ち上がった。足取りの軽い玉華、刹那のあとに続いて、歩き出す。三人は崖に背を向けたが、舗装された道路——碧の自転車が置いてある方——には戻らなかった。生い茂った下草の間にわずかに露出した土の色を頼りに、細い細い道を辿っていく。時には木の幹をつかんで体を支え、時には邪魔なツタを振り払い。

「カメラ」を目指して、登っていく。

面倒なことだが、「カメラ」は山の中から移動できないので仕方がない。開発を進めるには、毎回毎回、山道を登っていくしかないのである。

「はーい、お待たせカメラちゃん。私とゆかいな仲間たちの到着だよ」

藪に挟まれた細道を抜けると、玉華が楽しげに言った。そこは木々に囲まれた小さな草っ原で、真ん中に小屋が建っている。木造の、いわゆる山小屋——管理人が失踪したらしいという話を聞いたので、碧たちが有効利用することにしたわけだ。彼らはこれを「山小屋カメラ」と呼んでいる。壁はあちこちささくれており、軒下には蜘蛛《くも》が巣を張っていた。

しかし、外見はどうだっていいのである。碧は南京錠を開けると、古びた木製のドアを開け放った。中で待っているのは、前の持ち主の生活感がかすかに残る、全体的に質素な部屋……ではない。

その小屋の内部は、黒一色であった。「黒を基調とした部屋」とか、「汚れて黒っぽい」とか、そういうレベルではない。墨をぶちまけたような黒。夜よりも暗い黒。壁も、床も、天井も、すべてが真っ黒に塗りつぶされている。

「どんな感じ？　お、バッチリじゃない？」

玉華が碧の横から、室内を覗き込んだ。クンクンと鼻を動かしてから、真っ黒の床と、開けっ放しの天窓とを交互に見る。彼女はつま先立ちで小屋に足を踏み入れると、壁にそっと手を触れた。

碧も彼女にならい、壁を手のひらでなでる。ざらざらとした、乾いたペンキの質感。

「私が塗った場所は、なんだか特にうまくできてる気がするよ」

玉華は、すこぶる上機嫌な様子である。彼女が触っているのはあとから碧が塗り直した場所なのだが、その残酷な真実は隠蔽することにした。

ピンホールカメラについて初めて刹那から聞いたのは、つい先月のことだ。

教わってみると、作り方は意外と簡単だった。まず、菓子の空き缶のような手ごろな大きさの金属缶を用意し、内側を真っ黒に塗る（「つやなし」の黒のラッカースプレーなどを使うとよい）。そして中央にドリルで穴をあけ、その穴を正方形のアルミ片でふさぐ。アルミ片には、針を使って直径〇・三ミリほどの穴をあけておく。

あとは、中に印画紙をセットすれば完成だ。針穴はガムテープでふさいでおき、撮影の際はそのテープをはがすだけでいい。単純で原始的な仕組みだが、ゆえにこそ味わい深い写真が撮れる。ゼロとイチに還元できないアナログ技術は、現実をそのまま写し取るという意味で、時にはデジタルよりも優れたリアリティを備える。

以上、刹那からの受け売りである。

先月、この説明を聞くと、部長の玉華は目を輝かせた。

玉華は、ピンホールカメラの材料として、菓子の箱など選ばなかった。彼女が目を付けたのは……一軒の小屋である。

――カメラの本体って、箱型ならなんでもいいんでしょ？

――まあ、理論上はそうですが……。

――だったら、小屋だってカメラにできるはずだよ。

こうして、われら滅亡地球学クラブは、暴走機関車的な部長の気まぐれに導かれ、建物を丸ごとカメラに改造するという奇々怪々な作業に取り組むようになったのだ。

「ペンキが乾いたなら、さっそく次の作業に入ろうよ」

玉華が碧の目を見上げて、声を弾ませる。真っ黒の壁と、真っ黒の床。そこに立っているだけで吸い込まれそうだ。碧は室内をあちこち触り、乾燥が不十分な場所がないことをたしかめると、頷《うなず》いた。

「そうだな。あとは仕上げだけ、だったか？」

「ついに私の、オリンピック級の手先の器用さを見せるときが来たってわけだね」

「そうだな」

「なんだったら、碧と刹那はずっと休憩しててもいいよ」

「そうだな」

「話聞いてる？」

「そうだな。まあなんにせよ、ガムテープを持ってこないと」

「もう持ってきましたよ」

小屋の外から、刹那の声が聞こえる。振り向くと、室内とは対照的な青々とした草を踏み、刹那が歩いてくるところだった。両手には、裏の物置から持ってきたと思われる黒のガムテープが四つか五つほど。

「ストックはこれで全部です。足りるとは思いますが」

「じゃあ、手分けして貼っちまおう」

「私、天窓がいい」

「ダメだ、危険だ。高いところは俺がやる」

碧は刹那からガムテープを受け取った。そして、いったん裏手に回って、物置から脚立を担いでくる。碧はその脚立を、室内の壁際に据え置いた。

「ほんのわずかでも光が入り込んだら失敗します。ぴったりとふさいでください」

刹那がそんなふうに念を押した。黒い部屋の中で、各々が作業を開始する。玉華は雨戸の縁にガムテープを貼りはじめた（自己申告と異なり、オリンピック級の器用さは持ち合わせていないようだったが、それでもなんとか頑張っている）。碧は脚立をのぼり、天窓や換気扇に目張りする。開け放たれたドアから射し込む光が、床から壁にかけて光の帯を作っていた。刹那は四つん這いになり、黒のスプレーを片手に、黒ペンキの塗りが甘いところを探している。ガムテープをちぎる音。時々、スプレーの音。

それぞれが、それぞれの仕事を完遂した頃には、鳥たちがねぐらを目指す時刻になっていた。

「じゃあ、試してみましょう」

そう言って、刹那は内側から小屋のドアを閉めた。長方形の光を部屋に投げかけていた入口が、徐々に細まり、やがて完全に閉ざされると、三人は完全な闇に包まれた。世界とのつながりをハサミでプツンと切られたかのような、奇妙な心細さ。

碧は自分の鼻の前に手をかざしてみたが、何も見えない。隣に目を向けても、さっきまで玉華が立っていた場所は真っ黒に塗りつぶされているだけである。そこに人がいるのか、いないのか、まったく分からない。右も左も。前も後ろも。上も下も。すべてが黒。

(作業はうまくいったわけか)

心の中で、つぶやいた。普通に生活しているだけでは、まずお目にかかれない真の闇だ。自分が立っているのか座っているのか、それさえも自信がなくなり、次第に息が詰まってくる。けれどもこれは、ある意味、歓迎したい息苦しさだった。黒、闇、無。ぞわぞわとした恐ろしさはあるが、それも死の手触りよりははるかにマシだ。破滅を意識せずに済むこの瞬間を、碧はありがたく思う――。

「……すごい。ほんとに真っ暗だね」

「完璧です。これで『カメラ』本体は完成」

刹那はまたドアを開いた。碧がハッと我に返ったときには、夕方の黄色っぽい陽光が室内の闇を払っていた。碧は思わず目をつぶった。光は優しい安全地帯を食い散らかす。現実は碧を捕らえて放さない。

数秒して、碧は薄目を開けた。小屋の外には相も変わらず青々とした草地が待っており、その向こうに藪が広がっている。

碧は失望した。呼吸は楽になったが、それだけだ。

（小屋の中にいる間に、全部が夢だったことになったら、よかったんだけどな）

意味のない期待だ。

碧は小さくため息を吐き、外に出る。そんな彼とは対照的に、玉華は楽しげな様子だった。彼女は小屋から飛び出し、勢いよく振り返る。丹誠込めて作った「カメラ」を、しげしげと眺める。

刹那が外から、ドアを閉める。ドアの真ん中には、正方形の板がガムテープで貼りつけてあり、その中央には、さらに十センチほどのガムテープが一枚、ちょこんと貼ってある。刹那はその中央のテープを指さした。

「これがシャッターです。雨に濡れないよう、ビニールをかぶせて保護しましょう」

「刹那。そのテープをはがせば、写真が撮れるんだよね？」

「そうです」

「じゃあ、今からやってみない？」

「真っ昼間でないと、うまく写らないかもしれません」刹那が、オレンジ色に染まりはじめた空を見上げて、言った。「それに、印画紙が足りません」

「印画紙……ってなんだっけ？」

「光に反応する紙ですよ。それを現像すると写真になるんです」

「そうなんだ」

玉華が、「う〜ん」と難しそうな顔をし、首をひねった。碧はドアに手を触れ、小屋の屋根を見上げる。

碧たちが三週間かけて作り上げた、努力の結晶だ。この巨大カメラを使えば、小屋の壁と同じ大きさの特大写真を撮影することができる……が、それには壁を埋め尽くすほどの印画紙が必要だという。どこかから調達しなければならない。闇市に印画紙は出回るだろうか？　クラスメイトの家族や親戚に、写真関係の仕事をしている人はいないだろうか？

大量の印画紙が用意できるかどうかは、正直、まだ分からない。

「まあ、そのあたりはおいおいどうにかしましょう。とりあえず今日は、お疲れさまでした」

眼鏡に手を当て、いつも通り冷静に、刹那は言った。

たしかに、今は完成を祝ったってばちは当たるまい。

そもそも、持ち主が失踪した、こんな都合のいい小屋を見つけられなければ、巨大ピンホールカメラなど作ることはできなかった。万が一所有者が戻ってきたら、夜闇とかイカスミとか悪霊の髪の毛とか、世の中の黒いものを片っ端から集めて混ぜて塗りたくったような室内を見て、卒倒してしまうかもしれないが……。とにかく、世界がこんな状況だからこそ、碧たちはこのカメラを完成させられたのだ。

「滅亡」の寸前にしかできない何かを探し、実行する。「滅亡」を嘆くのではなく利用する。それが碧たち、「滅亡地球学クラブ」。

ただし。その目標をすんなり受け入れられているかと問われれば、碧は首を縦に振ることはできない。


「後ろに乗せてよ」

「ダメだ、二人乗りは危険だ」

自転車を押しつつ、碧は首を振った。背後に残してきた山に、今にも日が沈もうとしている。赤く燃える空の下、右手に畑、左手に民家を見ながら、三人は歩く。

玉華は、夏休みの小学生みたいに泥にまみれていたが、とても満足そうで、足取りも軽やかだ。一方で碧は、ロープで擦りむいた手のひらが再び痛みはじめており、自転車を押すのも億劫《おっくう》なくらいだった。

畑の中に、かかしが寂しげに立っている。決して失踪したりしない、律儀な働き者だ。

「あ、忘れてました」

刹那が、ピンホールカメラを鞄《かばん》に収め、代わりに丸めた画用紙を取り出した。

「玉華先輩。ポスターのことなんですけど」

「できたの？」

玉華は足を止めず、ポスターの下絵を受け取り、開いた。碧も横から覗き込むと「滅亡地球学クラブ、新入部員募集！」の太文字と、地球儀のイラストが目に飛び込んでくる。下半分はまだ空白。全体的に、かなりしわしわになっている。

玉華は嬉しそうに頷き、自分の鞄から筆記具を取り出す。

「いいじゃん。あとはこのスペースに、熱い魂の言葉を書けばいいわけだね」

「おい、鞄を開けっ放しにするな」碧は横から手を伸ばし、玉華の鞄のファスナーを閉めてやった。「それから、歩きながら書くんじゃない、またこけるぞ」

「大丈夫大丈夫。私は日々成長してるから」玉華は意味不明な返事をすると、ポスターの空いたスペースを、鉛筆の先で何度か叩いた。「ここには何書こうか」

「具体的な活動内容はどうでしょう」

「山小屋をカメラに改造します、とかかな？」

「頭がおかしいと思われなきゃいいんだが」

「じゃあ、蛍観察会のこと書いとく？」

「いいと思います。なんといっても、次が最後の夏ですから。特別なイベントです」

「蛍の解説は、碧がしてくれるでしょ？」玉華は鉛筆で『ホタル』と書き込む。「あとは研究旅行のことも書いときたいね。……碧は？　やりたいことあれば書くよ」

「俺はいいよ。お前らに合わせる」

「ダメダメ。今はなくても、ちゃんと考えておいて。とにかく地球があるうちに、素敵な死に方を見つけるんだから」

玉華はポスターを眺めてまた考えはじめる。碧は、それ以上は何も言わなかった。素敵な死に方。最期にやること。そういった言葉が玉華の口から出るたびに、胸が今にも圧《お》し潰《つぶ》されるような気がした。

――国際宇宙局は、妖星デルタ無人探査船が撮影した写真を公開。また、シェルター建造と火星ロケット計画に関して各国の連携を……。

民家の開いた窓から、ラジオの音が漏れ聞こえてくる。逃げる碧を現実へと引き戻す、呪いのこもった長い腕のように。音は背中の方から、絡みついてくる。

一方で、碧と同じくラジオの音を耳にしたらしい刹那は、まったく別の印象を受けたようだ。彼女は不意に、思い出したように口を開いた。

「ああ、火星と言えば。碧先輩、この前のことですが」

「この前？」

「火星の夕焼けの色ですよ。訊いてきたのは先輩じゃないですか」

「火星の……ああ、そんな話したな。なんだ、赤じゃないのか？」

「ええ、本を読んで調べたのですが……なんと青色でした。火星の大気中には砂嵐のように微粒子がたくさん舞っているのですがそれが赤色の光の進行方向を変え散乱効果が一番大きい朝と夕方には残った青色の光だけが目に……」

やたら早口で解説する刹那に対し、碧は「へぇ」と相槌《あいづち》を打つ。よく分からないが、この赤い夕焼けも、宇宙では当たり前のものではないということか。

碧は暮れゆく空を見上げた。玉華と刹那も、それに倣う。

街灯がぽつぽつと立っているが、どれも死んだままだ。畑の向こうを、リヤカーに薪《たきぎ》か何かを山積みした老人がとぼとぼと歩いている。かかしよりも希望に乏しい目をして、歩いている。

四月と言えば、かつてはどこもかしこも新生活への期待と不安で溢れかえっていたものだが。今のこの町――熊田原《くまたはら》町には、そのどちらもない。いや、日本中、世界中探したって見つからないかもしれない。

「衝突まで何日だっけ？」と、鉛筆を耳に挟んだ玉華が問う。刹那が「百十日です」と答えると、彼女は笑顔になった。

「よし、じゃあそれを書こうよ。『滅亡までの百十日間にしかできないこと、一緒に探しましょう』とか」

「良いアイディアです。しかし、一つ問題が」

「問題？」

「明日には『残り百九日』、明後日には『残り百八日』。日数は減り続けてしまいます」

「そっか。じゃあ、ポスターを毎日新しくしないと」

三人の視線の先では、気の早い恒星たちがぽつぽつ瞬《またた》きはじめている。その間にあるはずの、太陽系の外からやってきた来訪者は、この時間にはまだ肉眼ではとらえられない。しかし、それほど遠く、かすかな光しか持たない存在であっても、死の星・デルタの軌道は、もはや人類の誰もが知るところだ。

物理学者たちの計算によれば、今日から数えて百十日後――デルタの座標と地球の座標はぴったり重なる。デルタの直径は、地球のおよそ四分の三。何度計算をやり直しても、結論は変わらなかったらしい。物理学者たちは二年前、隠し続けていた事実をついに公表した。

この地球は、滅亡する。

そして玉華は。この滅ぶ地球で、死に方を探している。

2章

地球最後の新人勧誘

草と土と肥料の匂いの混ざった空気の中、坊主頭の高校生——天堂碧は学ランをはためかせ自転車をこいでいた。遠くから牛の声。長い農道には、碧と同じように高校へと向かう自転車や、農作業に出る徒歩の大人たちが見えるものの、自動車は一台も見えない。碧はいつもの通り、すれ違うすべての大人の容貌を確認した。そこに両親はいない。分かっている。単なる日課だ。あの暴動の日から延々と続く、つまらぬルーティーンだ。

農道が終わり、住宅街へ。信号機は光を失ったまま沈黙していた。それぞれの民家には、明らかにあとから追加されたと分かる間に合わせの煙突がついており、幾筋もの煙が上がっている。庭でイモを焼いている家もあった。

住宅街を抜け、道路と線路とを隔てる金網に沿って（線路上に捨てられた空き缶、雑誌、電化製品などのゴミを見ながら）しばらく走り、やがて、決して遮断機の下りなくなった踏切を渡った。学ランとセーラー服の数が増え、ぞろぞろと一方向へ歩いていく。焼け焦げたスクラップ車の横を通り過ぎたところで、人の川の下流に校門が見えた……。

「いい知らせと悪い知らせ、どっちから聞きたい？」
「どっちでもいいが……悪い方を」
「ごめん、実は悪い方は用意してない」

「じゃあ何で訊いたんだ」

「一度言ってみたかったの」

　玉華は胸を張り、黒板の前で白いチョークを振り回した。セーラー服は着ないで、「かまた」という文字入りのTシャツといつものカーゴパンツである。別に四月の陽気のせいというわけではなく、玉華は常にこのような恰好なのだ。朝陽の射し込む教室は、生徒たちが島々を作って談笑し、心地よいざわめきに満たされている。

　碧の隣席から刹那が、冷静に尋ねた。

「玉華先輩。良い知らせとは？」

「よく訊いてくれたね。なんとなんとガソリンがたまったの。予定量」

　なるほど、いい知らせだ。碧は、玉華の手からすっぽ抜けたチョークを空中でキャッチした。彼はクラスメイトの耳を気にして、声を低くする。

「これで研究旅行に行けるな」

「私も今年で十八だから、そろそろ運転できるようになってるはず」

「先輩。十八歳になれば自動的に運転技術が身に付くわけではありません」

「そっかあ。じゃあ運転は……刹那のお母さんかな。せっかくだし、なるたけ遠くの知らない場所に行きたいよね」

「危険なところはダメだぞ」

「でも旅行だよ？　地球最後の」

「それは、警戒しなくていい理由にはならない」碧はため息を吐いた。「平和な街ばかりじゃない。警察が機能しているか、強盗が出没しないか、暴動の兆候はないか、きちんと調査してから……」

「分かってる」玉華は片手を上げて碧の言葉を遮《さえぎ》り、微笑んだ。「そのへんのことは碧に一任するよ」

「一任って……つまり、去年と一緒か」

「碧以外はか弱い婦女子なわけだから、お願いね」

「ムチャクチャ言いやがる……」

碧は肩をすくめて、結局、忠告を打ち切った。そもそも、玉華が多少の無茶をするのは確定事項。その分、碧がしっかりしていればいいわけだ。

玉華は黒板の前で、新しいチョークを手に取った。今度は黄色である。

「それから、山小屋カメラも無事完成したことだし。次の研究もスタートさせようと思うんだよね」

「何かアイディアがあるのか？」

「うん。歴史……なんてどうかな？」

「歴史？」

「そう。期間は、世界暴動のあとからか、その直前くらいからか。まあそんな感じ」

なるほど。碧は納得し、頷いた。

あの忌まわしい世界暴動から、およそ二年が経った。玉華はその間の事件をまとめようと言っているわけだ。たしかに滅亡前の歴史を調査するのは、滅亡寸前にしかできないこと。滅亡地球学の一種というわけか。

歴史、と言うと難しそうに聞こえるが……。身近で起こった出来事をまとめるくらいなら、碧たちにも十分可能だろう。

「面白そうだな」

「でしょ？」

玉華は楽しそうに笑い、黒板に「歴史」と書き込んだ。彼女はいつも、今しかできないことを次から次へと思いつく。「この小屋をカメラに改造しよう」と言い出したのも玉華だった。もちろん、思いつきに具体的な形を与えたのは刹那なわけだが……。始まりは、常に玉華だ。彼女がボールを投げ、それを刹那や碧がどうキャッチするか。滅亡地球学クラブは、そのようにして成り立っている。

だからこのときも、碧は玉華の投げたボールをキャッチするために、飛んだり跳ねたり、転んだり……とにかく、大仕事になるだろうと考えていた。

「で、まとめるのはこの学校の歴史か？　それとも、この町の歴史？」

だが、こんなふうに尋ねた碧は、まだ認識が甘かったと言わざるを得ない。玉華は大きいものが好きだ。菓子箱より山小屋、町の地図より世界地図。だから当然、どんな答えが返ってくるか、予想していてしかるべきだった。

「全部だよ。町の歴史も、世界の歴史も」

「世界も……？」

碧は聞き返し、三秒後には《こりゃあ大変だ》と心の中でつぶやいた。チラリと刹那に目配せするも、眼鏡の後輩は、無言で肩をすくめるだけである。

玉華の投げたボールは、碧たちの頭上をはるかに越えて、太平洋の真ん中にぽちゃんと落ちた。

「世界史、か。刹那、学年末テスト、何点だった？」

「三十点くらいでしたね」

「俺よりは高いな」

碧と刹那は夢も希望もない会話をする。玉華は黒板の「歴史」という文字の横に、「せ…

30点」「あ：30点より下」「た：ヒミツ」と書き込んでいる。

歴史をまとめるなら、当然だが、それまでの歴史も頭に入れておかなくてはならない。加えて、地理や文化に関する知識も要るだろう。ところが困ったことに、刹那の得意分野は物理、碧は生物である。玉華にいたっては、文系科目も理系科目も壊滅的。

しかも、日本ではインターネットが不通の状態である。歴史どころか、昨日世界で何が起こったかを調べるだけでも、以前のように手軽にはいかない。

「今から勉強してたら、間に合わないぞ」

「もともと歴史に詳しい人を、スカウトしてくるしかないですね」

どうやら刹那も碧と同じ問題点を感じていたらしい。彼女はスカウト、という言葉を使ったが、要は新人勧誘だ。

(結局、新入部員の問題に行き着くわけか)

碧は苦笑した。滅亡まで数か月となり、今年の新入生は例年に比べて激減している。まだ部活を決めておらず、なおかつ歴史が得意。そんな人材が、都合よく見つかるだろうか？

「その点は大丈夫」だが、玉華は碧たちの心配など気にせぬ様子であった。「実はもう、それっぽい人に目はつけてあって……」

玉華がチョークをくるくると回し、そう言いかけたとき。ちょうど、教室のドアが開いて、ごま塩頭の大迫先生が入ってきた。滅地部の三人は顔を見合わせてから、そろって、黒板の上の時計に目をやる。

始業時間だった。

刹那が立ち上がり、白衣を翻《ひるがえ》して自分の教室に戻っていった。A組の生徒たち――学年ごたまぜの集団はどたどたと席に着いた。空席はおよそ半分。号令に合わせて挨拶すると、先生は出席も取らず、大きなあくびを一つする。

「ふあ……えぇと連絡事項は……そうだ、ここ数日、藤本先生の行方が分かりません」

「え、失踪ですか」

「また先生減っちゃったかー」

「静かに。まだ決まったわけではないです。が、とにかく二時間目は自習です」

「畑に行ってもいいですか？」

「ええ、ご自由に」

ホームルームはそれだけだった。休み時間を挟むことなく、そのまま物理の授業に移行。

大迫先生は片手で頭をかきながら、黒板に数式を書き込んでいく。反発係数eを考慮したときの、物体の跳ね返り方に関する計算らしい。ついて行けずに困っていると、隣――先ほど刹那が座っていた席から、玉華がひそひそと話しかけてきた。

「ねぇ、碧」

「なんだよ」

「ほら、あの子あの子」

一番前の席だというのに、堂々としたものである。碧はこっそりと、彼女が指差す方向へ目を向けた。廊下側、前から三番目。ぼさぼさと伸び放題の髪の生徒が、熱心にノートを取っている。男子では唯一、学ランではなくブレザーを着ていた。

「……例の中学生か。あいつがどうした？」

「さっき話したでしょ。スカウトしようと思って」

「あいつを？」

「高校の授業を受けにくるくらいなんだから。きっと面白い子だと思うんだよね」

碧は眉をひそめ、もう一度中学生の方を見た。周りの男子生徒たちと比べると、ひと回り小さい身体――たしかに、まだ十四歳なのに高校に通っているというのは、普通とは違うのかもしれない。けれども、滅亡まで数か月と迫った現在、十代の生き方は多様化している。学校に通うも通わないも自由なのだから、自主的に飛び級して高校に入ったって、別段、驚くべきことではないだろう。「歴史に詳しそうな後輩」を求めている今、なぜ彼に目をつけたのだろうか。

玉華はそっと碧に身を寄せて、ささやいた。

「昨日の休み時間、あの子、岩波文庫読んでたんだ」

「なるほど。それで？」

「え、それでって？」

玉華は目をぱちくりさせる。碧は額を指で押さえた。

「……岩波文庫を読んでいた。だから、歴史に詳しそうだと？」

「うん。そういうこと。私、冴えてると思わない？　尊敬してくれてもいいよ」

「もう少し詳しい説明がほしいんだが」

「だって岩波文庫って、歴史的な本、ってイメージだし」

なんとも大雑把な。碧はあきれてしまったが、玉華の全身にはすでにやる気がみなぎっている様子だ。

「とにかく、あとで私が勧誘してみるから」

「玉華が勧誘……。猛烈に嫌な予感がするな」

「大丈夫大丈夫。私こう見えて、完全無欠の部長だからさ」

「この問題を……じゃあ、小松さん」

「へっ？」

ひそひそと話している最中に突然指名され、完全無欠の玉華は素っ頓狂な声を上げて立ち上がった。碧の目に、チョークを手に振り向いた大迫先生と、黒板上の mg とか cosθ とかの文字が目に入る。玉華が顔をしかめ、碧の方にかがみ込んだ。

「……ねぇ、碧。分かる？」

「すまないが、物理は無理だ」

「だよね。先生、分かりません！」

「正直でよろしい。では、安西《あんざい》君」

「はい」

代わりに名指しされたのは、例の中学生である。彼はおずおずと黒板に歩み寄ると、チョークを片手に問題を解きはじめた。つっかえつっかえであり、時々、先生に助言を貰いながらではあるが、少しずつ数式が並んでいく。

隣の席から、玉華が目配せしてくる。彼女の視線は、《ほら、苦戦してる。これはやっぱり文系に間違いないでしょ。で、文系なら歴史が得意に違いないよ》と、無言のうちに伝えてきた。

玉華の偏見に満ちた見解はおいておくとしても……。その中学生が必死に問題と向き合う姿を見て、碧は素直に感心した。

(熱心なもんだ。俺たちよりずっと)

同時に、名前以外は何も知らないこの男に――滅びを前にして高校に通うことを決めた中学生に、大きな興味が湧いたのだ。


結局、「安西」というその中学生は、少し時間はかかったものの、物理の問題を解き終えた。玉華はますます興味津々の様子で、彼のことを観察していた。

授業後、玉華はためらうことなく廊下側の席に歩いていった。

「へい、楽しんでる?」

「えっ……?」

前触れもなく肩を叩かれ、「安西」は面食らっていた。すでに教科書をしまい、代わりになんらかの文庫本を読みはじめていた彼だったが……。視線を周囲へ、そして自分の体へと動かしてから、最後に玉華へと向ける。前髪に隠れそうなその目には、戸惑いの色が浮かんでいた。高校生の中の、たった一人の中学生。

――碧はデカくて丸坊主でなんだか怖そうだから、とりあえず私一人で話しかけるよ。

(なるほど。あの様子ならたしかに、正解だったたか)

自分の席から二人を観察しつつ、碧は納得した。が、どうにも歯がゆい状況にあることに変わりはない。今の碧にできるのは、離れた場所で聞き耳を立てることのみである。

玉華一人で勧誘などできるだろうか。ちゃんと部活のことを説明できるだろうか。余計なことを言わないだろうか。

自分のことのように緊張してきた。いや、自分のことだったらここまで緊張しないだろう。玉華をフォローできる位置にいないというのが、これほどのストレスになるとは。手に汗がにじみ、気持ち悪い。

「さっきはありがとう。私が当てられたのに、代わりに解いてくれて」

「いえ……」

「安西」は目を伏せ、警戒心をあらわにしながら答えた。対する玉華は、相手の領域にずけずけと踏み込んでいく。微塵《みじん》も遠慮しない。

「私、小松玉華。あなたは、ええと、安藤君だっけ？」

「……いえ、安西です。安西正義《まさよし》」

「あ、ごめん。ところで正義君。好きな科目は何？」

前置きも何もない。玉華はストレートに質問した。安西正義は困惑し、少し椅子を引いた。

彼はしばらく黙っていたが、目をキラキラさせている怪しい女が、質問に答えるまで動きそうにないのを見て取ったのか、やがて口を開いた。

「……哲学です」

「テツガク、なるほど。テツガク」玉華は腕組みし、訳知り顔で頷いた。「テツガク、いいね。ええと、テツガクといったら、岩波文庫とかでしょ」

「はあ……まあ」

「それはそうと、正義君。部活とか入るつもりある?」

机に手をつき、玉華は身を乗り出す。話題の変え方が非常に下手くそだ。

「ぜひ、素晴らしいうちの部に入ってほしいんだけど」

ほかの生徒たちの会話がうるさくなってきたので、碧は席を立ち、少しずつ二人に近づいていった。廊下側の壁に背を預け、そっぽを向きつつ、聞き耳を立てる。

「部活動、ですか」

「そうそう。うちの部は『滅亡地球学クラブ』って言って……」

「いえ、大丈夫です」

「えっ」

玉華が目を丸くした。正義は、早くも文庫本に視線を戻している。

「ちょっと、せめてどんな部なのか聞いてよ」

「そもそも、部活に入るつもりはないんです」

ばっさり切られた。完全に脈なしと分かる口調である。

玉華は、救いを求める目を碧に向けてきた。が、碧が助け舟を出すべきかを一瞬迷っているうちに、正義は文庫本を持って立ち上がった。そして、玉華が何か言葉を発する前に、彼女から逃げるように教室から出て行った。

「……取り付く島もなかったな」

放課後——昇降口に向かって廊下をのんびり歩きながら、碧は言った。彼の隣で、玉華は先ほどからずっと首をひねってうなっている。

「う～ん……」

「まあ、諦めようぜ。新人勧誘は、ほかを当たろう」

「う～ん……」

「玉華先輩。なぜ、その安西という人がそこまで気になるのですか？」

刹那が不思議そうに尋ねた。玉華は難しい顔をしたまま、答える。

「コーヒーだよ」

「コーヒー？」

「あの子、水筒にコーヒー入れてたんだよね。匂いで分かった」

「そうなのか。変わってるな」

「うん。きっと、あの子は私と……ううん、私たちと似てると思うんだよね。だから入部してほしいわけ」

それだけ言うと、玉華はまた首をひねって考えはじめる。コーヒーを水筒に入れているから、正義は自分たち三人に似ている——。はっきり言って、碧にはまったく賛同できなかった。だが、玉華がそう言うからには、何か根拠があるのだろう……。

(……いや、根拠はないかもしれないな。こいつのことだから)

ちょっと考えてから、碧は思い直す。

(玉華がここまでこだわるのは不思議だ。歴史好きの新入生が、ほかにいないとも限らないのに)

碧たち三人は、廊下の角を曲がった。そこにあるのは昇降口——本日の勉学を終えた生徒たちが次々に外へ出ていき、そのほとんどは、また明日になれば戻ってくる。誰に強制されたわけでもないのに、戻ってくる。勉強が役に立つ「将来」は永遠に来ないのに、戻ってくる。それは少し奇妙であり、同時に、当然のことのようにも思えた。

「……あれ？」

下駄箱の方へ進みかけて、玉華は足を止めた。碧と刹那もそれにならう。一瞬訝《いぶか》しんだが、理由はすぐに分かった。

大学受験・就職活動用の情報掲示板の前で、ブレザー姿の小柄な生徒が、担任の大迫先生と向き合って立っている。小柄な生徒――安西正義は、画鋲しか残っていない掲示板をチラりと見てから、大迫先生に尋ねた。

「じゃあ、大学受験の情報はないんですか？　一つも？」

「来年はその……あれだから。分かるでしょう？　試験は実施されません」

「入学は無理だとしても……。ちゃんとした授業がまだ行われている大学はどこなのか、調べる方法はないでしょうか」

「ないでしょうか、と言われても……」

大迫先生は、縦だか横だか分からない曖昧な方向に首を振った。そして、その後も二、三の言葉を交わしただけで、職員室の方へと引き揚げていった。

掲示板の前には、正義がぽつんと取り残される。生徒たちが正義の横を通り過ぎ、下駄箱の前を通って帰路につく。あるいは、グラウンドに向かう。

正義はうなだれて、とぼとぼと廊下を歩き去った。下駄箱の方ではなく、校舎の隅――図書室がある方向だった。その背中を見送ってから、碧たちは顔を見合わせた。

「やっぱりさ、もうちょっと粘ってみようよ。勧誘」

真剣な目をして、玉華は言った。

「まずは話をしないと。あの子のこともう少し知りたいし、私たちの活動のことも知ってほしい。もしかしたら、力になれるかもしれない」

「玉華がそう言うなら」

碧が同意すると、刹那も頷いた。そして碧は、画鋲が刺さっているだけの寂しい掲示板を横目で見る。碧はこの掲示板が嫌いだ。まるで、お前たちの未来は行き止まりだと、偉そうに宣告しているようだから。


――必要な道具は……これと、これ。碧、借りてきて。

――借りるって、誰に？

――たしか、演劇部が持っているはずですよ。

――ナイス刹那。じゃあ、よろしく。交渉はうまくやってね。私たちは図書室で待ってるから。

――お前なあ……。


「わしは大賢者じゃ。迷える若者に道を示すのを生きがいとしておる」

やたら丈の長い黒のローブをまとい、白い付け髭をした女が言った。中庭の草の上に腰を下ろしていた、伸び放題ぼさぼさ髪の中学三年生・安西正義は、本から目を上げギョッとする。

電灯が使えないため、読書好きの生徒たちは中庭に出て、春の木漏れ日を浴びながら本を開いていた。正義の他にも五、六人。彼らはみな、突然の大賢者の出現に気付いて顔を上げたが、正体が玉華だと見て取ると、「ああ、またか」といった様子で読書に戻った。

碧は刹那とともにローブのすそを手で支え、地面につかないように努力している。もし汚した場合に演劇部から怒られるのは、玉華のお目付け役——と勝手に思われている碧である。

彼の心労には少しも気付かぬ様子で、自称・大賢者は三文芝居を続ける。

「おぬし、部活に入る気はないかね？」

「いいえ、ありません」

「大賢者推薦の部活があるんじゃが」

「けっこうです」

「え、なぜ？」

「なぜ、じゃねぇよ」

碧はあきれて口を挟んだが、玉華は本当に不思議そうな様子である。さっきはなんだか真剣な表情をしていたものだから、ちゃんと話し合うのかと思っていたが……。なんだこの茶番は。

しかも茶番の主演者は、早くも大賢者らしい口調を忘れてしまったようだ。

「まあ、とにかく聴いて。あらためて自己紹介ね。私は滅亡地球学クラブの部長・小松玉華。こっちは生物班長兼雑用係の碧と、物理班長の刹那」

「おい」

「堤刹那です。先輩たちと一緒に、『滅亡地球学』に取り組んでいます」

正義は、玉華のマイペースな言動を前にしてしばし戸惑っていた。だが、一通り自己紹介が済むと、気を取り直した様子で口を開いた。

「滅亡地球学って……なんですか？」

「よくぞ聞いてくれました！」

玉華が声を弾ませ、身を乗り出した。ローブが引っ張られ、碧と刹那は振り回されるような形になるが、もちろん、当の玉華は気にしない。

「地球が滅んじゃう今だからこそできる何かがある……。その何かを探求するのが、滅亡地球学だよ」付け髭を指でひねりつつ、玉華は説明する。「たとえば、交通量が激減しちゃった道路の真ん中で、何秒間寝転がっていられるか計測する。それも滅亡地球学」

「ええ……ただの迷惑行為じゃ……」

「たとえば、無人になった車両基地に侵入して、電車の屋根の上を全力疾走、タイムを記録する。それも滅亡地球学」

「それ、遊んでるだけですよね……？」

「まあ、とにかく。地球滅亡という一大イベントを最大限利用して、いろいろやっちゃおう、っていうのがうちの部活。分かってくれた？」

玉華は得意げにウィンクした。が、どう見ても正義はドン引きしていた。当然の反応である。碧はこの中学生に心から同情した。

（本当は、もうちょい学問らしいこともしてるんだが……）

碧は心の中でつぶやいたが、口を挟む暇はない。玉華は話を続ける。

「で、次に研究テーマなんだけどね。世界暴動からの歴史をバーッとまとめてみよう、という感じ。もし正義君が入ってくれたら、歴史班長……いや、哲学班長に大抜擢！　一緒に研究してほしいわけ」

「はあ。歴史の研究ですか」

「そうそう。あと、これはもっと重要なことなんだけど。私たちは滅亡地球学を通して、みんなで『死ぬ前にやること』を探してるの。何もかもがなくなっちゃう前にね。……正義君。

あなたもこの地球で最期にやること、探してる最中なんじゃないの？　最高の死に方、私たちと一緒に見つけない？」

おそらくこれは、玉華なりに考えてきた決め台詞《ぜりふ》（のような何か）だったのだろう。しかしながら、誠に残念なことに、期待したような効果をもたらしてはくれなかった。話が終わると、正義はすみやかに、本に視線を戻してしまった。

「……放っておいてください」

本のカバーには『人生論』とある。

「僕のやることは決まっています。たくさん勉強したい……それだけです。死ぬ前にいろいろなことを知りたい」

「そのために高校に来たの？」

玉華が訊くと、正義は再び本から顔を上げた。口を開け、いったん閉じ、結局開いた。

「僕は、僕の命の意味を考えたいんです」

「命の意味」

「『人生論』に書いてあるんです。肉体が滅んでも、世界との関係は滅ばない、と。生命は永遠である、と」

「なるほど。ふぅん……なるほど？」

「つまり、僕個人が死んだとしても、僕と家族、僕と友だち、僕と先生たちの関係がなくなるわけじゃない。むしろ、死によってつながりは強固になり、より多くの作用を相手に及ぼす、と」

「んんん……」

「しかし、僕は思うんです。地球が消えてなくなってしまうということは、他者との関係も、まるごと消滅してしまうってことなんじゃないか、って。トルストイの主張はすなわち、この地球の永続性を前提と……」

「……ストップストップ！」苦しい相槌を打とうと試みていた玉華だが、ついに口を挟んだ。付け髭をなでながら言う。「まどろっこしいよ。人類の脳みそは、あんまり難しいことを考えない方が幸せを感じられるんだから」

「さすがです、玉華先輩。至言です」

「第一、永遠も何も、太陽だってあと何年かしたら燃え尽きるって言うじゃない。えぇと刹那、何年だっけ？」

「約五十億年です。水素の核融合が終わり燃料切れを起こします。数字は太陽の大きさや密度などをもとに算出……」

「そうそう、五十億。三か月なのか五十億年なのか、違いはそれだけだよ」

「そんなムチャクチャな……」

正義は、明らかに困惑していた。碧も彼に、完全に同意する。玉華はいつでもムチャクチャである。

「まあとにかく、命の意味を考えるっていうのは、一種の『滅亡地球学』と言えそうだよね。つまり、あなたには『滅亡地球学』の才能がある！」

「は……え？」

「そういうわけで、私たちはあなたの仮入部を歓迎します」

「ええ……？」

「さっそく、本日の活動内容発表！　はい、堤刹那物理班長！」

「予定では、天体観測です」

「ナイス」と、玉華は親指を立てた。正義には悪いが、こうなった玉華を止めるのは不可能である。ただ、その場の思いつきで事を進める玉華に対し、碧は眉をひそめた。

「天体観測って。いいのか。歴史の研究に協力してもらう、って話だったと思うんだが」

「う〜ん、そうなんだけどね。さっきから私、協力して〝もらう〟ことばっかり話してたから。もらうばかりじゃなくて、こっちからあげられるものがあるってこと、ばっちり示しといた方がいいかな、って」

「なるほど……いや、ちょっと待て。もし仮入部してもらえるとしても、いきなり夜中に連れ出すのは……」

「細かいことは気にしない。そのときやりたいことを迷わずやる。地球は止まってくれないんだから」

「簡単に言いやがる……」

「天堂碧生物班長は、いつも通りお弁当お願いね」

「へいへい了解」

碧はローブのすそを支えたまま、肩をすくめた。もうこうなっては仕方がない。流れに任せるだけである。問題は、正義を蚊帳《かや》の外に置いたまま話が進んでいることだが……。

(まあ、断られても、三人で天体観測に行くだけだからな)

碧はそんなふうにのんきに——というか、断られる前提で——考えていた。

けれども。

「ええと、それから。碧がお弁当を作ってる間に、私と物理班長は学校で道具を用意ね。碧は準備できたら学校にメールして」

「えっ、メール？」

玉華の言葉を聞いたとき、正義の目が初めて光った。それまでの単純な困惑とは違う。明確に、こちらの話に興味を抱いた反応だった。

「あの……ネット回線が生きてるんですか？」

どう答えたものかと、碧は玉華を見た。玉華は刹那を見た。そして刹那は碧を見たので、面倒になって、碧は弁当の献立を考えながら、とりあえずはぐらかした。

「メールは……まあ、普通のとはちょっと違ってな」

「けっこう楽しいんだよ。正義君にもやり方教えるね」

玉華はそう言って、付け髭をむしりとる。

「じゃあ、他に質問がなければ行動開始。宇宙の歴史……んんと、刹那、何年だっけ？」

「百三十八億年です」

「そうだった、百三十八億年。その百三十八億年の中でも、今この瞬間しか見られない空を、みんなで見るよ」

鍋の蓋《ふた》をとると、炊けたばかりの白飯の匂いが熱とともに立ち上った。碧は満足して、何度かしゃもじでかきまぜてから、また蓋を閉じる。口笛を吹きつつ二階に上がり、ベランダの柵を足場にして屋根にのぼると、腕をいっぱいに使って大型の懐中電灯を振り回した。家々のわずかな灯りの間から、クルクルと回る光点が応じた。学校の方角。

「それが〝メール〟ですか」

下から声がしたので、碧は通りを見下ろした。月明かりの中に立っているのは、ジャージ姿の正義だった。ポケットには文庫本がねじ込んである。

「着替えてきたか。上がって、盛り付けを手伝ってくれないか」

碧は懐中電灯をつかんだまま、窓からするすると二階に戻った。玄関ドアについた三つの鍵を開き、正義を暗い室内に招き入れる。彼は一階のほとんどの窓に板が打ち付けてあるのを見て、怪訝《けげん》そうな顔をしていた。

二人はランプの灯りを頼りに、四人分の弁当を準備した。弁当箱に白飯を詰め、四つの目玉を持つ目玉焼き（近所のおじさんが飼っている鶏が産んだもので作った）を、きちんと四等分しておかずとして添える。固さは玉華の好みに合わせて半熟にしてあった。加えて、山で採ったタケノコと、学校で栽培したさやえんどうを一緒に醬油で煮たもの。貴重品だが、せっかくなのでコンビーフの缶詰も一缶開けて、これも四等分。

正義も碧の指示に従って、せっせと手伝ってくれた。

正直、正義は玉華の誘いを断るだろうと思っていた。しかし予想に反して、彼はあのとき、読みかけの本を閉じてこう言ったのだ。

——一つ、質問させてください。

――うん、何でも訊いて。

――その天体観測では、妖星デルタも観測するんですか？

――もちろん。というか、それがメインみたいなところあるし。

――そうなんですか。……分かりました。参加してみます。

弁当の準備が終わり、碧がいつもの学ランを着たのとほぼ同時に、玉華と刹那が到着した。玄関ドアの前で、二人はリュックサックの他、望遠鏡や三脚を担いでいた（幸い、今夜の玉華は長袖を着ている。前に碧が買ってやった防水性のブルゾンだ）。正義が気を遣って望遠鏡を代わりに持とうとしたが、玉華は断った。

「出発！」玉華は進行方向――先日宙づりになった山を指差した。住宅街の街灯は死に絶え、家々の窓から漏れる弱々しい光、月明かり、星明かりのみが夜闇ににじむ。四つの懐中電灯の光が、その調和を乱して進みだす。

火力・原子力発電所がおおむね停止したせいで、田舎にまで回ってくる電力がない。ガソリンを買って自家発電をしようにも、闇市での価格が高騰しており限度がある。終末に至り、風景は近代化以前の姿へと逆戻りする。

本日のゲスト・正義は、他の三人の二歩後ろからついてくる。無理やり参加を決められて、昼間は困惑していたが、今はやや落ち着いて見える。

歩きながら、玉華は何度か振り返り、タイミングを見計らっているようだった。そして、住宅街を抜けて上り坂にかかったところで切り出した。

「正義君。天体観測初めて？」

「はい」正義は一度頷き、それから訂正した。「いえ、小学生の頃に一度。デルタ衝突の件が知られる前でした」

「きっと今回も楽しいよ。望遠鏡は割と高性能だし、お弁当もあるし、それから……とにかくお弁当もあるし」

「家の人は、よく許可してくれたな」

「近頃あまり厳しくなくなりまして」

「分かります。私の母も放任主義に変わりました。父の方は……大学から帰ってきませんし。最期なのだから自由に生きろ、ということかと」

「それに、この私がご両親宛ての手紙も書いたからね！　バッチリだよ」

「えっ、それ大丈夫だったのか」

「私が手伝いました」

「刹那が。それなら安心だ」

碧はホッとしたが、そこまでされては断りづらかろうと、若干、正義を気の毒に思った。

正義のためにも、彼の両親のためにも、是が非でも観測会を無事に終わらせねばなるまい。

無理からぬことではあるが、正義は必要最低限の受け答えしかしなかった。足元をしっかり照らして、ゆるくカーブし続ける山道を登りながら、主にしゃべっていたのは玉華である。

結局、正義の警戒を完全には解けないまま、一行は頂上に辿り着いた。

開けた草っ原。玉華は荷物を捨て、その小さく細い身体を地面に投げ出すと、そのままごろごろ転がりはじめた。「ああ、大地は私のお母さん。空は私のお父さん」

その様子を懐中電灯で照らし、正義が戸惑う。「何かの発作ですか?」

「放っておいてやってくれ」

碧はそう答えると、鞄を手に広場の縁へ移動する。彼は鞄から、横から見たビブラフォンのように結び合わせた竹筒を引っ張り出し、それから伸びる紐を、慣れた手つきで木々の根元――足首の高さに張り巡らした。竹筒を枝に引っかけるとカラカラ鳴ったので、正義が不思議そうに寄ってくる。「あの、何を?」

「鳴子《なるこ》を設置してるんだ」

「え、熊でも出るんですか?」

「あるいはな。お前さんたちを無傷で家に帰すのが俺の使命だ」

「はあ」正義が怪訝そうな顔をしたが、碧はそれ以上説明しなかった。この天然の円形広場に近づく際に獣――あるいは人――が通りそうな場所、すべてに紐を張る。戻ってくると、玉華が満足げに、草まみれで立っていた。

見上げれば満天の星。

「さてさて。物理班長の堤刹那さん、今晩のターゲットは？」

「木星の衛星を見ようと思います。今夜はガリレオ衛星が見えるはずです」上は白衣、下はジーンズという奇妙な恰好の刹那は、手際よく三脚を地面に立てる。「ガリレオ・ガリレイと同じ体験ができるのは、地球がある今だけです。また星空というのは宇宙の現在ではなく過去の姿なので……」

「物理班長。詳しい説明はあとで聞くから。観測する星は、それだけ？」

「他にも、春の大三角や北斗七星、それらが作る大曲線など見どころはあります。そして、最後はアレです」

「アレ……」

正義が、かみしめるような調子でつぶやく。対して刹那は、天に向かって指を伸ばした。

「そうです。妖星デルタです」

「今日は『妖星食』の日なんだってさ」

「妖星食……なんですか、それ」

「妖星デルタの裏側に、月が隠れるの」

「玉華先輩、逆です。月の裏側にデルタが隠れるんです」

望遠鏡を覗き込みながら、刹那がすかさず訂正する。望遠鏡は現在、刹那の調整によって月に向けられている。……正確には、月の間近に迫っている妖星デルタに向けられている。

「妖星デルタの軌道は、新聞などで公表されています。それをもとに計算すると、日本時間の二十一時十五分から約五分間、月の裏側に隠れることが分かります。ただ……」

刹那が望遠鏡から顔を上げた。彼女に促され、最初に正義、続いて玉華、最後に碧が望遠鏡を覗いた。月の欠けた部分に、今にも接触しようとしている赤い光点が見える。空からの死の運び手。妖星デルタ。

「デルタは現在、地球からおよそ三億九千万キロ離れた場所にいます。ということは、光が地球に届くまでかなり時間がかかる。二十一時十五分に隠れても、地球からそのように見えるのはもう少しあとということです」

かわるがわる望遠鏡を使う三人に、刹那はそう説明した。碧が自身の腕時計を確認すると、現在時刻は二十一時三十分だった。

「そうそう、この間も説明してくれたよね。だんだん思い出してきたよ」

　玉華は楽しげに、正義に笑いかけた。

「地球から見えるデルタの動きは、ホントの時間からはちょっとずれてるから……。そのずれを利用して、光の速さを計算してみよう、っていう実験なんだよ、これは」

「光の速さを、ですか」

「うん。面白そうでしょ？　デルタにいいようにされてばっかりじゃつまんないし、なんだかムカつくからね。私たちの実験に利用して、おいしくいただこうってわけ」

　正義が驚いた顔を碧に向ける。碧は「そういうことだ」と肯定した。

　普通に生きていたら、光の速さを計測する機会などないだろう。デルタへの小さな抵抗として、実験に利用する。この天体観測は、正しく滅亡地球学クラブの理念に基づいたものだと言えた。

　もちろん、そこにむなしさがないかと問われれば、碧は即答することができない。しかし彼は、そうしたマイナスの感情は隠すよう努めた。

「……妖星食、そろそろ始まるよ！」

　自身の腕時計をじっと見つめ、玉華が言った。四人は再び、順番に望遠鏡を覗き込む。三番目に碧が覗いたときには、月の影になっている部分に、今まさにデルタの全体が隠れようとしているときだった。

最後に玉華が、望遠鏡に目を当てる。やがて彼女は「今！」という声とともに、腕時計に素早く視線を移した。

「二十一時三十四分四十一秒！」

「私の時計でも同じです」

隣で刹那が、確認のためにそう言った。

「実際は二十一時十五分六秒に隠れたはずですから、地球とは十九分三十五秒のずれがありますね」

「次に出てくるのは、たしか約五分後だったか」

「そうです。そのときもまた計測するので、準備しておきましょう」

刹那がメモを取り出し、ペンライトの光の下で何かを書き込む。準備といっても、碧には特にやることもなかった。なんとなく草の上に腰を下ろし、夜空を見上げる。現在、この空のどこを探してもデルタは見えない。たった五分間――束の間の、滅亡と無縁な世界。

「やってみる？」

玉華が正義に声をかけたのは、そのときだった。正義は最初、ただきょとんとしていたが、玉華が望遠鏡と時計を交互に指差すと、慌てた様子で顔の前で手を振った。

「えっ、僕は……いいですよ」

「遠慮しないで。せっかくの仮入部なんだから、体験していってよ」

正義は戸惑った様子で、刹那に目配せした。刹那が冷静に止めてくれると思ったのだろうが……彼女の反応は、意外なものだった。

「そうですね。では、次は正義さんが合図をしてください」

「そんな。僕がやっても、うまくいかないかも……」

「すでに一度計測したので、次はただの確認ですから。失敗しても何の問題もありません」

刹那は平然と答えた。本当にそう考えているのか、玉華に甘いだけなのかは分からないが、とにかく彼女は、仮入部員の正義が重要な役割を担うことを容認した。

物理班長が許したのであれば、碧にも反対する理由はない。正義と目が合ったので、碧は静かに頷いた。

「じゃ、じゃあやってみます」

「月の端っこから、デルタが完全に顔を出したら教えてね」

玉華は望遠鏡から離れて、刹那の隣に立った。手首が胸の前にくるように腕を曲げ、腕時計に視線を落とす。今朝、ラジオを利用して秒単位で時刻を合わせてきたものだ。

碧も玉華の隣に並び、自分の腕時計に目をやった。妖星食の終了まで、あと一分を切っていた。

緊張した様子で望遠鏡を覗く正義。時計に注目する三人。

しばしの沈黙。

「い、今です……！」

望遠鏡にかじりついている正義が、震える声でそう言った。玉華と刹那、碧の三人は、それぞれ自分の腕時計を確認する。三人の値は見事に一致――今度は、実際の「妖星食終了の時刻」から、十九分二十五秒ほどずれていた。

四人でかわるがわる望遠鏡に取りつき、月から離れていくデルタを観察する。それがひと通り終わると、メモ帳を見ながら、刹那が口を開いた。

「平均すると、十九分三十秒のずれですね。では玉華先輩。計算してみましょう」

彼女は電卓を取り出すと、玉華に手渡した。碧がペンライトで手元を照らす間に、刹那が読み上げる数字を、玉華が電卓に打ち込んでいく。計算は、すぐに完了した。

「……秒速三十三万三千三百三十三・三三三三キロメートル！」目を輝かせ、玉華が叫んだ。

「これが光の速さだよ！」

碧は眉をひそめて、刹那を見た。視線で問いかけると、彼女は落ち着き払って答えた。

「光速は、二十九万九千七百九十二・四五八キロメートル毎秒とされています。秒速三万キロと少し、私たちの計算結果と食い違っていますね」

「……え？」

　玉華が目をぱちくりさせる。碧は額に手を当て、口をへの字にした。秒速三万キロ。一秒で地球を四分の三周するほどの誤差が生じてしまったわけだ。やはり素人の観測ではその程度が限界なのか……。

　しかし。

　玉華は、いつだって碧の予想通りには動かない。彼女はわなわなと震え、電卓を落としそうになっていた。実験失敗のショックのせいではない。逆である。

「ということは、光は実は、従来の説より秒速三万キロも速かった……？　もしかして私たちは、ノーベル賞級の発見を……？」

「何を言ってんだ」碧は、ペンライトを刹那に返却した。「俺たちの計測が不正確だったんだよ」

「まあ、うまくいった方ですよ。専門の機器もなく、目測ですから」

「そうなの？　だったらよし！」

　玉華が腕組みし、力強く宣言した。碧はあきれて肩をすくめ、正義は苦笑した。刹那だけが無表情で、ペンライトを耳に挟んで手元を照らし、メモ帳をめくっていた。

　光の速さの測定は終わった。けれども、観測会がそれで終わるわけではない。彼らは月の背後から姿を現したその星を、望遠鏡を通して順番に眺めた。地球の四分の三程度の直径を誇る、赤い迷い星。妖星デルタ。

「見るのは今日が初めて？」

「そうですね……実質的には。肉眼だとよく分からないので」

　玉華に問われて、正義は答えた。傍らに立つ碧にも分かるほど、その声は震えていた。一応、見たくないなら見なくてもいいと言ったのだが、正義は「大丈夫です」と答えただけだ。

　そもそも彼は――昼間の会話を思い出す限り――妖星デルタを観測するために参加したように見える。理由は分からない。

「特殊相対性理論によれば」

　正義が望遠鏡から目を離すのを待たず、刹那は解説を始める。表情を変えず、淡々と。

「速度vで動く物体Aを、止まっている物体Bの上から観察すると、長さは$\sqrt{1-v^2/c^2}$倍に見えるといいます。おまけに、Aの時間の流れ方が遅く見えるとも」

　ルート一引くシー二乗分のブイ二乗という言葉に、特に力が入っていた。

「しかし、Aに乗っている人から見れば、動いているのはBの方で、Aはずっと止まっていると考えることもできます。Aからすると、逆にBは長さが$\sqrt{1-v^2/c^2}$倍に見え、時の流れもBが遅いように見えます。宇宙に特別な物体はありません。自分が動いているのか、相手が動いているのか、それを決定する方法は存在しないんです」

「えぇと、つまり？」

「デルタからすると、動いているのは私たちということです」刹那は端的に、玉華の疑問に答えた。「デルタにとっては、自分はずっと同じ場所から動かなかったのに、太陽系の星々が遠くからわざわざやってきて、ぶつかろうとしていると感じられるでしょう。そして相対性理論によれば、その言い分もまた正しい」

　正義がようやく顔を上げる。暗がりの中での見間違いか、唇を強く嚙《か》んでいるように見えた。続いて碧が望遠鏡を覗き込むと、暗黒の真ん中に落ちた血痕のような光点があった。

（正義は、なぜこいつを見たかったんだろう）

　碧は、チラリと正義に目をやった。デルタを観測したかった理由を尋ねてみようかと思ったのだが……。生憎、仮入部中の中学生は、玉華に質問攻めされはじめていた。

「好きなおにぎりの具は何？」

「え？　かつおぶしです」

「じゃあ、カエルとオタマジャクシはどっちが好き？」

「カエルです。あの……これ、部活と何の関係が？」

（……あとにするか）

碧はまた望遠鏡に目を当てた。参加した動機については気になるが、〝いいタイミング〟を見計らって尋ねてみることにしたわけだ。

ただし。

その〝いいタイミング〟は、意外と早くやってきた。


「あれ、正義君は？」

妖星食を利用して光の速さを測ったあと、四人は春の大三角、北斗七星、そして春の大曲線を観測した。そして一段落し、そろそろ弁当でも食べようかというときになって、玉華が尋ねてきた。望遠鏡を立てた草っ原に、正義の姿はない。

「どこ行っちゃったの？」

「あ〜……」碧は言おうか言うまいか数秒間迷ってから、「用を足しに行ったぞ」

「あ、そうなの」

玉華は何とも言えない顔をした。一方の刹那は、聞こえているのかいないのか、望遠鏡の近くに座り込んで、鞄からビニールシートを引っ張り出している。

この付近には、公衆トイレはない。それでも、我慢できないときというのはあるものである。つまり、そういうことである。

「じゃあ、呼んでくるのは男子がいいよね。碧、行ってきて」

「ん」

言われなくとも、そのつもりであった。碧は草っ原を離れ、木々の間の道に分け入った。木の上でフクロウがホウホウと鳴き、夜の静寂にほのかな色を与えている。懐中電灯で足元を照らし、下草に足を取られぬよう、気を付けて進む。

その細道は、熊田原町を一望できる崖っぷちに続いていた。壊れかかった金属製の手すりと、そこにもたれかかる人影が見える。

正義だった。用を足しているわけではなかった。

碧はゆっくりと歩み寄る。草を踏む音が、やけに耳についた。

「……何か見えるか？」

「あ、いえ」

正義はちょっと驚いた様子で振り向いた。碧はかまわず、隣に立った。碧たちの街は闇に沈んでおり、畑も、道路も、学校も見えない。住宅の窓に灯る明かりは、星々と比べて心許ない。

すぐに戻るように伝えることもできたが……そうしなかった。

「真っ暗か。平和でいいな」

「ええ。もうしばらく、暴動の火は見てません。みんな諦めたんですかね」

「かもな」気軽な調子で、碧は答える。けれどその実、かつての「世界暴動」の記憶が蘇《よみがえ》り、胸の奥がズキリと痛んでいた。顔に出ないように注意しつつ、碧は付け加える。

「ん……まあ、田舎の役場やマスコミを襲っても、星の軌道は変わらないし、脱出ロケットの席が増えるわけでもないからな」

そして、ロケットで火星に逃げる一部の政治家、学者、資本家たちも、多分、長く生き残れるわけではないだろう。人類は破滅から逃れることはできない。

碧はさりげなく、話題を逸《そ》らした。

「今日の観測、つまらなかったか？」

「いえ、そんな」

正義は慌てた様子で否定する。しかし、月明かりの下、彼の表情には――ぼさぼさ髪に隠れかかったその両目には、ある種の含みがあった。碧は待った。やや長い沈黙のあと、正義は口を開いた。

「ただ、ちょっと分からないんです。こんな状況で研究……。デルタをわざわざ望遠鏡で眺めるなんて。参加すれば分かるかと思いましたが、それでも」

「でも、お前さんもデルタを見るために来たんだろう？」

先ほどから気になっていたことを、碧は訊いてみた。正義は静かに首を横に振った。

「デルタを見たかったというよりも、みなさんがどうやってデルタと向き合っているのか、知りたかったんです」

「そういうことか」

碧はようやく、合点した。

「あいつも言ってただろ？　デルタに好き勝手されるのが嫌だから、俺たちの研究に利用してやるのさ。まあ、仕返しみたいなものだよ」

「でも……相手は星です。仕返しされたって、痛くもかゆくも感じないのに」

見ると、正義は拳を震わせていた。血が出るほどに固く、固く、握りしめていた。碧は天に目をやった。忌々《いまいま》しい妖星の方角に、目を凝らした。肉眼では、あるのかないのか確信が持てないほどの小さな点でしかない。それでも、間違いなく存在する。夢でも幻でもデマでもない。

「……もともと滅地部の天体観測は、デルタの観測のために始めたんだ。木星の衛星とか、光の速さとか、そういうのはあとから思いついた」

「だとしたら、余計に不思議です。あの恐ろしいデルタを……。どうしてみなさんは平然と観測できるんですか？」

平然と。そう見えたのだろうか。

碧は手すりにもたれかかった。視線は変わらず空へ。憎らしくて憎らしくてたまらない、妖星デルタがある方へ。

「最期にすることを探すと、部長さんがおっしゃってましたが……死に方を探すなんて、僕にはできません。そんなふうに割り切れないんです。弱いからかもしれませんが」

碧の心中など知る由もない正義は、ため息混じりに言う。弱いから。はたしてそうだろうか。割り切ることが強くなることだとしたら、強さとは本当に目指すべき理想なのだろうか。

デルタはいずれ、玉華の命を奪う。玉華はそれを受け入れている。

そう。平然と、死を受け入れている。

それは強いからなのか。碧には分からない。とにかく彼女は、割り切れてなどいない碧を置いて、独りで進んでいく。死に向かって歩いていく。

許せなかった。デルタが。そして、玉華を独りにしてしまいそうになる、自分自身が。許せなかった。

「……平然として見えるか？」

「はい。みなさん、怖いとは……死にたくないとは思わないんですか？」

このとき碧は、何と答えるべきだったのだろうか。

しっかり考えて、穏やかな言葉を選ぶべきだったのかもしれない。

けれど、いつの間にか正義の感情が伝染していたらしい。彼は夜空をにらんだまま、こう言った。

「そんなわけあるか」

「えっ」

「死にたくないに決まってるだろ」

碧は力をこめて、手すりを握った。

「もしかしたら何か奇跡が起こって、軌道が計算からずれるかもしれないだろ？　毎回毎回、それを期待して観測してんだ。そのたびに現実を突きつけられる。残り時間は一日だって増えたりしない」

「期待してる……部長さんが？」正義はおずおずと問うた。明らかに困惑していた。「それとも……」

(何を言ってるんだ、俺は)

碧は黙ってうつむいていた。やがて踵を返し、広場の方へ歩き出す。

(正義の話を聞いてみるつもりが……どっちが年上だか分からない)

「戻るぞ」気まずさを紛らわそうと、碧は大きめの声を出した。「玉華たちが心配だし、お前さんが来ないと弁当も食えない」

「ま、待ってください……！」

碧は足を止めた。振り向くと、正義はさっきよりも落ち込んで見えた。自分で自分が嫌になる。これなら、何も言わない方がマシだった。

「……すみません、無神経でした」

「謝るなよ。いいんだ」碧は手を振り、目を逸らした。「俺も悪かった」

「あの……」

なおも、正義は思いつめた表情をする。また歩き出しかけていた碧は、訝しんだ。こんな夜更けに連れ出され、妙な話を聞かされたことについて文句の一つでも飛び出すのかと思ったが、そうではなかった。正義は逡巡し……結局、話すことを選んだ。

「……妹が、生まれるんです」

碧は眉をひそめ、やがて息を呑んだ。彼の言葉の意味を知ったとき、デルタや自分自身に加えて、地球の公転軌道までもが心底憎らしく思えた。

3章

だから彼は背伸びする

安西正義は大人にならねばならなかった。それもできれば、あと一週間で。

自室の机の前で、彼は伸びをした。机の上には何冊かの岩波文庫が積み上げてある。それらは本棚の大半を占める漫画（『火の鳥』や『ブラック・ジャック』が特にお気に入り……だった）とは不調和にも見えた。目をこすりつつ、自室からリビングへ向かう。大きなおなかに手をのせた母がソファでくつろいでいる。

「勉強してたの？」

「うん。母さん、調子はどう？」

「今は、少し落ち着いてる」

「そう……」

「大丈夫。ちゃんとお父さんが準備をしてくれてるから」

「……うん」

正義は心配を口に出しかけたが、結局、ただうつむいただけだった。ほかに何ができただろうか。言霊《ことだま》などというものを信じるつもりはないが、それでも、不安が母に伝染してしまうことは避けたかった。彼は静かに、マイナスの想いを心の中に押し込めた。

先週、天体観測に参加して、初めて妖星デルタを観察した。こんな状況でも前向きに——消えてしまうと分かっていても研究に励む人たちから、何かヒントを得られるかと思ったのだが……そうもいかなかった。

少なくとも、あの天堂碧という人は、正義と似たり寄ったりだ。地球が消えてなくなるということ。自分自身の存在が、過去も未来もひっくるめて消えてなくなるということ。生きた事実も、死んだ事実も、なかったことになるということ。そういったことに、胸をかきむしりたくなるほどの不安を覚えている。

正義は見つけなければならない。数か月しか生きられない妹のために。立派な兄になるには何をすべきなのか。それなのに、方法を探せば探すほど無力感が増すばかりだ。あの「滅亡地球学クラブ」も、何も与えてはくれなかった。

加えて、もう一つ。

正義には、のどに刺さった小骨のような、無視できない不安があった。

正義は再び、ソファに腰かけた母に目を向けた。予定日を一週間後に控えた母は、相変わらず非常に動きにくそうだ。検査では、特に問題は見当たらないという話だったが……。母の年齢は、出産という観点からするとやや高めである。

どうか。

どうか、何事もありませんように。

「どうしたの？　そんなに深刻な顔して」

「い、いや、なんでもないんだ。それより、何か手伝えることはあるかな」

「じゃあ、麦茶をとってきて」

母は優しく微笑んだ。正義は、神聖なものを前にしたときのように、厳粛な気持ちで頷いた。カレンダーに目をやる。一週間後の五月八日のところに赤い印。その隣に貼ってある紙切れには、三種の筆跡で「陽菜」「礼子」「愛理」などと書き殴られており……「光彩《みさ》」にだけ丸がついていた。正義の字だった。

*

「う〜ん。私の勧誘は完璧だったはずなのに……」

「なんにせよ、無理強いはよくないってことだ」

「でも、最後の新入生なんだよ？　それにあの子、絶対面白いって。碧もそう思うでしょ？」

「う〜む」

「どうしたの、はっきりしないね」

象の形のじょうろを持った玉華は、不満げな顔をした。彼女が水をやる横で、碧はジャガイモに虫がついていないかチェックする。刹那はというと、菜園の横のウサギ小屋の扉の前にかがみ、ゴム手袋をして、ペンチやドライバーを使って乾電池や電気配線と格闘していた。五月。眠くなる陽気。小屋の中——金網の向こう側で、ウサギたちは熱心に干し草を食《は》んでいる。

「あの子、理由は分からないけど、思いつめた感じがするじゃん。何か力になれるんじゃないかな」

「珍しく真面目な意見だな」

「私は年がら年中、大真面目だよ」

玉華がそう言って笑うと、刹那が作業しながら即座に「さすがです、玉華先輩」と持ち上げた。が、碧は同調しかねた。ジャガイモの葉からテントウムシを取り上げ、観察用の透明ケージに収める。

——妹が、生まれるんです。

——死に方よりも、生き方を考えないと。急がないといけないんです。

「……だとしても、俺たちがどうこう言うべきことじゃない」

先日の正義の言葉を思い出しながら、碧は言う。

「向こうが求めてもいない助けを押し付けたら、ただのお節介だ」

「そうかなぁ……。誰に、どうやって助けてもらえばいいか、分からないときもあるんじゃないかな」

「それは……」

碧は答えに窮した。しばし黙ってうつむいていたが……幸い、玉華が返答を期待して待っている様子はなかった。彼女はしばらく野菜に水をやっていたが、やがてじょうろの中身がなくなったらしく、水道のある方へ駆けて行った。

碧はジャガイモの葉の間で立ち上がり、伸びをした。校舎裏——滅亡地球学クラブが勝手に作った菜園と、同じく勝手に作ったウサギ小屋である。校舎の開いた窓から、吹奏楽部の練習音が聞こえてくる。バラバラのはずなのに、校舎全体が一つの管楽器として作用して、不思議と耳に心地よい響き方をする。

「手伝うことあるか?」

碧は、ウサギ小屋の扉の前にしゃがみ込んでいる刹那に尋ねた。彼女は「ありがとうございます」と振り返り、目線で地面を示した。

「では、そのコードを埋め直してもらえますか」

「これか」

碧は地面に置いてあった小さなシャベルを拾い上げた。そのあたりは、土が掘り返されて細い溝を形作っており、溝には電気コードが横たわっている。地中から這い出たコードは溝を通って、ウサギ小屋の扉につながっている。

碧は言われた通り、溝の中を走るコードに土をかけはじめた。あたりは元通りの平らな地面に戻っていき、コードは土の中へと封じられる。碧はしばし無言で、コードを埋めた。

——割れてるだろ？

——割れてますね。

——犯人はもう捕まったらしい。

——なぜあんなところの窓を割ったんでしょう。

——ただの酔っぱらいだったそうだ。だが、似たような輩《やから》がまた現れないとも限らない。

先日、この場所で刹那と交わした会話が頭に蘇る。碧は埋めた地面をシャベルでペタペタ叩くと、校舎の二階を見上げた。ウサギ小屋の屋根の、ちょうど真上あたり。窓が割れており、内側から段ボールを貼ってふさいであった。おそらく侵入者は、今、碧がシャベルを持って座っているあたりから、石か何かを投げつけたのだろう。ウサギ小屋は目と鼻の先。その事実が、碧の心胆を寒からしめた。

暴動の頻度が一時期よりも低くなったとはいえ、相変わらず治安は良くない。碧の家の近所でも、空き巣に入られ、現金や国民カードを盗まれたという家が何軒かあった。国民カードは配給などの公共サービスを受けるのに必須であるため、今や宝石以上の価値がある。盗まれたカードはおそらく、どこかで転売でもされているのだろう。

そして、国民カードのほかによく狙われるのが、農作物や家畜である。碧は、今度はウサギ小屋の中に目を向ける。地面に敷かれた藁《わら》の上では、ふさふさの小動物たちが口をもぐもぐ動かし、ぴょこぴょこ跳ねている。

ウサギはいい。草を食べて育ち、繁殖し、最終的には胃袋を満たしてくれる。豚や牛よりも小さいが、だからこそ大きな牧場がなくても飼育できる。このご時世、肉は貴重だ。ほとんど配給されないものだから、食べたかったら山中にて自力で狩るか、闇市にて高値で買うか、もしくは自ら肥育するしかない。

ウサギというのはか弱く、非常に愛らしい生き物だから、食べることに抵抗がある者も多いだろう。しかし、碧にしてみれば、豚も牛も鶏もワニもマグロもみな愛らしいのだ。食べるということは、愛らしいものを殺すということ。人間はそうまでしてタンパク質を欲し、そうまでして生きようとする。

ともかく大事なことは、せっかく育てた愛らしいウサギたちを盗まれるわけにはいかない、ということだ。ゆえに碧は、刹那にセキュリティの強化を依頼した。そんなものは斧か何かで扉を壊されたら、まったくの無意味なわけだが……。「何らかの対策がしてある」という見た目そのものが、犯罪を思いとどまらせることもあるという。やらないよりはずっといい。

「……完成です。今までよりも、かなり感度が上がったはず」

ドライバーで最後のねじを締めると、刹那が額の汗をぬぐった。碧はズボンの土を払ってから歩み寄る。ウサギ小屋の扉、その取っ手付近には、マッチ箱くらいのプラスチックの直方体が取り付けてあった。以前のセンサーとどこが変わったのかは分からないが、刹那が完成と言うからには、きっと完成なのだろう。

そして、ちょうど水を汲んで戻ってきていた玉華も、「完成」という言葉を聞きつけ、じょうろを片手に、嬉しそうに近づいてくる。彼女は、扉に設置された機械をいろいろな角度から観察し、満足そうに頷いた。あたかも、シルクハットをかぶってステッキを片手に《完璧な出来映えだよ、堤君。これこそが私の求めていたものだ》とでも言い出しそうな表情なのだが……。機械の仕組みに関しては小指の先ほども分かっていない玉華である。とにかく部長として、部員の製作物のチェックをしてみたいだけなのだ。

「よしよし。これで出荷まで安心ってわけだね。かわいいウサギちゃんたちが誘拐されたら大変だもん」

「ああ」

碧は玉華と並んで、ウサギ小屋の中に目をやった。

「どのウサギを食用にして、どのウサギを闇市で売るか、決めとかないとな」

「……そうだね」

　とたんに玉華の声から、元気がなくなる。碧が横目を遣うと——予想できていたことだったが——彼女の目にはうっすらと涙が浮かんでいた。よく見ると、彼女の今日のTシャツにはウサギがプリントされている。サングラスをかけ、銃を肩に担いで煙草をふかしているウサギである。おそらく、ウサギへの愛情を玉華なりに表現しているのだろう。

　ウサギとの別れを何度経験しても、玉華はそれに慣れることがない。しかし、碧にはそれを嘲《あざけ》るつもりはなかった。むしろ、碧も刹那も、玉華を見習いたいと思っていた。

　碧たちは生きている。愛らしいものたちを殺してまで、生きている。

　それなのに。デルタはすべてを奪っていこうとする。

　ときおり頭をもたげる、むなしさ、やるせなさ。現れるたびに、碧は胸の奥底に追い返す。

しかし今日は、なかなか消え去ってはくれなかった。

(正義は……)

　何も知らずに草をもぐもぐ食べているウサギを眺めながら、碧は思う。

(こういう気持ちから逃げずに、正面から向き合おうとしてるのか)

　考えないようにしてきた。「今日こそ軌道が変わっているかもしれない」と、観測のたびに現実逃避をしてきた。

自分が、あと三か月と少しで消えてしまうということ。

存在した事実そのものが、きれいさっぱり失われてしまうということ。

仮にあの中学生のように、考え、考え、考え抜いたとき、碧ははたして正気を保てるだろうか……。


帰宅の頃にはすっかり日が暮れていた。碧は、玄関ドアの三つの鍵を順番にかけてから、ドアノブを何度か回して開かないことをたしかめ、さらにチェーンも使ってロックした。

リビングに入るとランプの灯をつけ、穴だらけのソファに体を沈めた。用のなくなったテレビ、そしてクーラー（三十年前の型で、ひどく黄ばんでいる。電気が十分にあった頃でさえ、風を吐き出すだけのポンコツだった）のある壁を、ぼんやり眺める。

独りの自宅。静かな夜だ。

ランプの灯が揺れ、乏しい家具の影が拡大されて壁の上で踊る。

手を伸ばし、テーブルの上のラジオをつける。中東――石油産出国周辺での戦争が激化しているという報道が耳に飛び込んできた。

資源の乏しい日本で暮らしていると実感しにくいが、海外では原油やウランなどの争奪戦が繰り広げられている。特に中東などの油田地帯付近においては、元々政情が不安定だったこともあり、原油をめぐって国家、テロリストが複雑に入り交じる戦争が続いている。

ラジオや政府系の新聞では報じられていないことだが……違法新聞などによれば、そうした資源をめぐる戦争では、国家がテロ組織に対して秘密裏に支援を行い、武器や資金を流す対価として前線で戦わせている……らしい（「らしい」というのは、碧自身が新聞を読まないため、クラスメイトからのまた聞きだからだ）。さらに、その協力関係も数日ごとに入れ替わり、昨日は味方だったテロ組織を今日は爆撃するという有様だ。

産出国での戦争により、原油は世界的に極度の品薄状態となっている。わずかな原油が都市部に集中したこともあって、地方では電力や自動車のない生活を強いられている。彼らは「ガソリン売り」が持ってくる高価なガソリンを買い自家発電等に用いるか、完全に電気に頼らない生活を送るかしかない。碧は、ほぼ後者である。両親のいない碧には、ガソリンを買うほどの余裕がない。

戦争の話題が終わると、ラジオのニュースは、シェルター避難計画について報じはじめた。

シェルター。もはや誰も期待していない無用の長物だが……建設業者が人手不足に陥ろうと、大量の批判が集まろうと、政府は建設計画を中止しようとはしない。今もラジオを通じてニュースキャスターが、高齢の家族がいる家庭に対し、シェルターに避難する際の心得を発信している。おそらく、政府の発表をそのまま読んでいるだけだろう。

（高齢の家族……家族か）

ラジオを切って、碧は立ち上がった。台所へと歩きながら、考える。

正義が向き合おうとしているもの。碧が失ってしまったもの。

ランプに照らされた部屋が、急に寂しく感じられた。ボロボロの家具。ほぼすべての窓には、暴徒の侵入を防ぐために板が打ち付けられている。二年前までは温かかった。今は墓の下みたいに冷たく、しんとしている。

（もしも俺だったら……）

三か月しか生きられない妹が生まれるとしたら、どうするか。その三か月間を、どのように使おうとするか。

碧は台所で蛇口をひねり、自分に問う。水はまだ出る。今日も浄水場の有志たちは仕事を続けてくれたらしい。

（ダメだ、想像できない）

コップに水を注ぎ、ゆっくりと飲み干す。鈍い頭痛を、立ったままこらえた。

（毎日毎日生きてるだけで、精いっぱいだってのに）

これから先のことは、なるべく考えない。一日一日を生きていく。それが、碧にとってのある種の自己防衛であり……いつもの現実逃避だった。それではいけないと、玉華は言う。きちんと地球の終わりを受け入れ、最期にやることを探そうと、彼女は言う。

できるだろうか。俺にも。

碧はコップの水滴に目を向けた。水滴はじりじりとコップの表面を下りていき、やがて床に落下する。

死ぬ前にやることを探している玉華。妹のために、よき兄になろうと努力する正義。

(俺に、そんな強い生き方ができるだろうか)

もう少し、正義のことを知りたいと思った。彼が何を感じ、何を考えていて、残り三か月のことをどう思っているのか、聞いてみたいと思った。

できることなら。碧も、玉華と同じ景色を見てみたいから。

そこで、碧はいったん思考を中断した。コップを置くと、台所横の小窓に手を伸ばす。板が打ち付けられておらず、この家の一階ではそれだけが、いまだに窓としての役割を果たしている。風を感じ、深呼吸した。家庭菜園の愛しい野菜たちの匂いが、鼻をくすぐる。

丘の上でチカチカと点滅する光に気が付いたのは、その直後だった。星の瞬きよりはやや強く、闇の中でその存在を主張している。玉華の家の方角だ。

碧は、電灯の死に絶えた街の中、奇妙な点滅を繰り返すその光に、じっと目を凝らした。

点滅回数と、縦横に何度動いたかを観察すれば、彼らの間だけで通じるメッセージが出来上がる。

――イエツイタ

碧は首を引っこめ、大型の懐中電灯を摑《つか》んで二階に上がった。ベランダから身を乗り出し、光を振る。光源を縦横に動かし、点《つ》けたり消したり。五十音は、すっかり頭に入っている。

――イエス

――バンゴハンナニ

――シュンギクトカ

――ウチハオイモ

対面なら数秒で終わるような会話だ。そんな短いメッセージが、数分かけて、遠く離れた二人の間を往復する。夜の中を泳いでいく。

昔――まだ電話やネットが普通に使用できた頃――玉華は、スマホを毎日親にチェックされていたという。世界暴動と内戦、それに伴う情報戦を経て、通信インフラは事実上死に絶え、日本国民は分断された。これまで陸上で暮らしていたのに、急に今日から海の中で暮らすように言われたような、恐るべき大混乱が世を覆ったが……悪いことばかりではなかった。

この「メール」ならば、時間はかかるが、玉華が親に監視される心配はない。

その小さなメリットを意識するとき、碧はほんの束の間、奪われたものではなく、新しく得たものに目を向けることができた。

そして。

そんな束の間の平穏は、唐突に終わりを迎えた。

さらに返事を送ろうとしたところで、碧は手を止めた。新しい光点が視界の端で揺れ、明滅しているのを察知したのだ。

「……ん？」

あれは学校……いや、近いが違う。

刹那の家の方角だ。

(同時はきついな。人間の目は二つあるが、一度に一つの方向しか見られない)

碧は、そんなことをのんきに考えつつ、とりあえず、刹那の手によると思われる光の動きを目で追った。……やがて息を呑んだ。間違いがないかどうか、反復されるパターンを三度、確認する。光は執拗《しつよう》に、規則的に明滅し、誤送信ではないことを示していた。

穏やかな夜が、とたんに、緊迫感に満ちたものへと変貌する。

彼は急いで、玉華にも刹那からのメッセージを見るように「メール」すると、部屋に飛び込み階段を駆け下りた。幸い、帰宅してから着替えていない。鞄をひっつかみ、玄関へ。

――緊急事態

それは、用意されてはいたものの、実際に使用されるのは初めての合図だった。これまでもこれからも、活躍することはないだろうと思われていた合図だった。

戸締まりをしっかりしたうえで、碧は闇の中へと躍り出た。

＊

月と星のみの乏しい明かりの下、正義は走っていた。土を蹴り上げ、息を切らし、急いでいた。元来、運動が得意な方ではない。足元がはっきりしないせいで何度も転倒した。そのたびに懐中電灯を拾い、立ち上がった。

（電話……電話を……！）

生きた電話回線を求めて、全速力で高校を目指す。先ほどの、母の寝室の外での会話が脳裏をよぎる。早期剝離。危険。緊急帝王切開。

――うちの医院では手術は無理だ。大学病院に運ばないと。

――そんな、なんとかならないんですか！

父は、医師の黒田《くろだ》先生に向かって声を荒らげた。が、父にも分かっていたはずだ。黒田先生はもともと泌尿器科医。黒田医院に設備はない。そもそも、安西家のわずかな収入の大部分を割いて、必死にガソリンをためてきたのは、こんなときのためだったのだ。母を車に乗せて、父の運転で病院へ。それで、何の問題もないはずだった。

けれども、ガソリンは今朝、なくなった。

より正確に言えば、ガレージの錠前が壊され、備蓄のガソリンも車の中のガソリンも根こそぎなくなっていることに、今朝気が付いたのだ。

闇市にガソリン売りが来るのは、早くても明朝だ。闇市の入口に夜明け前から並んでおけば、おそらく、少量だとしても手に入れることは可能だろう。被害額は大きいが、貯金をはたいて買い直せば、病院までの足くらいは確保できる。

しかし、それはあくまでも明日の話だ。明日では遅い。あまりにも遅すぎる。

――車を出してくれる人を、探してくる！

父は急いで、懐中電灯を手に出て行った。帰ってくる気配はない。たとえ今から一時間待ったとしても、代わりの移動手段が見つかるかどうかは分からない。

もちろん、いくらガソリン数リットルがダイヤモンドのような貴重品になったとはいえ、普通ならば、きちんと相応の礼金を払いさえすれば、車を出してくれる人が一人くらいは見つかるものだろうが……。あいにく現在、安西家が置かれている状況は普通ではない。よくない噂が父を孤立させている。

寝室から、母の苦しげなうめき声が漏れ聞こえる。緊急帝王切開をしなければ、母と妹の命が危ない。それなのにガソリンがすべて盗まれた。代わりのあてもない。

だったらどうする？　二人の命が尽きるのを大人しく待っていろと？　冗談じゃない。

気付くと正義は、母のことを医師に任せ、家を飛び出していた。住宅と畑の間を駆ける。風が植え込みをざわめかせる。肥料の匂い。夕食の匂い。

どこへ？　高校へ。

あの恐ろしい内戦を経て、全通信会社が政府によって業務停止を命じられたため、ネット回線のみならず、電話線も摘発の対象となった。違法回線を除けば、例外的に生きている電話線はごくわずか。そのわずかな例外のうちの一本が、高校から大学病院につながっているはずである。

であれば、救急車が呼べる。

脇腹がちぎれそうに痛む。肺が悲鳴を上げている。足を前に進めるためには鉄の意志が必要だった。止まりそうになる体に鞭《むち》を打つ。

(苦しくない……。苦しくなんかない……)

心の中で念仏のように唱えた。今、母と妹は生死の瀬戸際にいる。

(僕は兄さんだ。僕が助けるんだ)

汗が顔面を滝のように流れ、目にしみた。

線路沿いの道を走破し、踏切を越えて、やっとの思いで校門の前に辿り着いたとき、彼は激しく咳き込んだ。息を整え、汗をぬぐい、顔を上げる。

門は閉ざされており、校舎は闇に包まれていた。

「鍵……鍵を開けられる人は……」

正義はそうつぶやいてから、すぐにその路線は放棄した。この高校の職員の家など一軒も知らない。律儀に鍵を開けて中に入ろうと思ったら、この場に座り込んで夜が明けるのを待つことになる。そんなのんきなことでは、太陽が山の端を黄金色に染める頃には、母も妹も帰らぬ人となっているだろう。

迷った末……彼はなりふり構わぬ手段に出た。懐中電灯を先に反対側へ放り投げてから、助走をつけて正門に飛びついたのだ。格子状の門に足を引っかけ、よじのぼる。一度はずり落ちた。が、二度目はうまくいった。歯を食いしばり、門を乗り越える。

顔も知らない妹。三か月しか生きられないと分かっている妹。光彩……。

門の頂上から敷地内へと転げ落ちたとき、肘をすりむき、焼けるような痛みを感じた。涙目になって、懐中電灯を拾う。休む暇はない。暗い校舎に向かって走り出す。

正義は神に祈った。祈りながら、校舎をぐるりと回って、昇降口の他、一階窓も片っ端から調べて回った。ほんのわずかな隙間も見逃すまいと、懐中電灯の光でもって、窓をくまなく照らす。照らす。照らす。

無情にも、開いている窓は一つもなかった。

（窓を割るしかない。だけど……）

校舎裏にて、最後の窓を確認し終えた正義は、一瞬、躊躇《ちゅうちょ》した。

夜間に学校の窓が割られていたとなれば、当然、誰かが警察に通報するだろう。警察は暴動の再発を恐れているものだから、こんなご時世でもきちんと捜査をするかもしれない。そうなると、正義は残りの人生のうち決して少なくない時間を、留置場の中で過ごすことになる……。

そこまで考えたところで、正義は首を横に振った。

僕の残りの人生なんて、そんなに重要なことなのか。

正義の父は――母の妊娠が発覚して以来、誰かに「ガソリンを分けてほしい」とか「車を貸してほしい」と頼まれても、毎回断るようになった。急病、急ぎの仕事、家族の危篤――どんな理由を言われても、父は首を横に振った。それはすべて母のためであり、緊急時に病院へ急行するためであったのだが……。父がケチであるという噂を、知人たちは共有することとなった。

結果的に、こちらが困ったときに手を差し伸べてくれる人もいなくなった。もしかしたらガソリンを盗んだのも、父を逆恨みした誰かなのかもしれない。

しかし、たとえ裏目に出たのだとしても、父が家族を想う気持ちは――どんなに嫌われようとも母と妹を守るという、その覚悟は――本物だった。

自分はどうだと、正義は胸に手を当てる。

どれだけ本を読んでも、勉強しても、君が生きる三か月間のためにしてやれることは何一つ見つからなかった。思いつかなかった。僕はそんな情けない兄さんだ。

だけど、少なくとも今、目の前に君を救う方法がある。

窓を叩き割るための石を探し、懐中電灯を振り回す。だが、急いでいるときに限って、いつもはどこにでも転がっているものが見つからない。四つん這いになり、地面を照らし、草むらをかき分け……拳大《こぶし》の石ころを発見するまで、かなり時間をかけてしまった。

はやる気持ちを抑え、まず握りしめる。続いて軽く振り回してみる。ハンマー代わりにはちょうどよさそうだ。彼は続いて、懐中電灯を左右に振った。どの窓に叩きつけるか、一秒でも早く選定すべく、視線を巡らす……。

「ん？」

視界の外から、草をかき分けるような音が聞こえたのはそのときだった。反射的に灯りを向ける。もう誰かに見つかってしまったのかと思ったが、そうではなかった。

照らし出されたのは、木造の小屋である。四つある壁面のうちの一つが金網でできており、中では、数羽のウサギが藁の上ではねていた。懐中電灯の光の中、ウサギたちは見るからに慌てふためいて右往左往している。

（ウサギ小屋なんてあったのか）

「ごめんな、驚かせて。ちょっと急いでるんだ。それに君たちの家があるとは知らなくて」

正義は早口で言い訳した。眠りを妨げられたウサギたちは、当然、日本語を理解する様子もなく、耳をせわしなく動かしたり、きょろきょろと視線を動かしたり、仲間を踏んづけたりしているだけだ。

謝罪が意味をなしそうにないので、正義はひとまずウサギたちのことは脇にのけることにした。そして何の気なしに、小屋の金網から屋根へと視線を移動させる。一瞬後には、懐中電灯の光もそれに従う。

目をみはった。

ウサギ小屋の真上にあたる場所――二階廊下の窓ガラスが一枚、割れているのだ。割れた場所には段ボールがあてがわれており、さらにガムテープで補強されている。

(世界暴動のとき……なわけないか。きっと最近投石されて、そのままになっているんだ)

正義は急いでいた。同時に、侵入の痕跡を残さずに済むならそうしたかった。正義は二階の窓と、手の中の石ころを交互に見て……二、三秒の思考の後、石ころを放り捨てた。

懐中電灯をベルトに差し、ウサギ小屋の金網に手をかける。驚いたウサギが小屋の奥へ逃げる。正義はまた「ごめんな」と謝ってから、小屋の扉の錠前と取っ手に足をかけ、屋根へと這いあがった。

段ボールを丁寧にはがすと、正義は窓の穴に手を入れて、鍵をあけた。窓枠を乗り越えて侵入し、一階へと向かう。

職員室の扉はかなり古いものであり、何度か押し引きしているうちにレールから外れたため、侵入のための工夫は不要だった。元に戻すのが面倒かもしれないが、今はとにかく電話である。一刻も早く救急車を呼ぶために、職員室の中を素早く照らした。いくつかの島に分かれて、教職員の机が身を寄せ合っている。失踪した教員の机はある程度片付けられているが、それ以外はどれも等しく乱雑で、等しくキップル化されていた。

足元に気を付けながら、机と椅子の間を歩く。一度だけ、教員が電話を使っているのを見たことがあった。中央付近の机。記憶を頼りに光を当てると、バッテリーに接続された電話機と、その横の本立てに貼りつけてある電話番号一覧表が目に入った。

（大学病院……大学病院の番号は……あった！）

一覧表に光が当たる角度で、懐中電灯を机に置く。正義は受話器を耳に当てると、震える指先でボタンをプッシュした。甲高い呼び出し音が連続する。彼は固唾《かたず》を呑み、待った。

（赤ん坊が危険だから、救急車をお願いします……。赤ん坊が危険だから、救急車をお願いします……。赤ん坊、危険、救急車……。赤ん坊、危険、救急車……）

だが、いつまで経っても、電話に出る者はいなかった。

呼び出し音だけが、むなしく鳴り続ける。

「……番号、間違えたかな？」

一覧表の番号を指でなぞり、正義はつぶやいた。しかし、それは単なる現実逃避だった。こうなる可能性を考えなかったわけではない。病院は、世界暴動前とは比べ物にならないほどの人手不足に陥っている。常に電話番がいるわけではない。救急車が待機しているとも限らない。

（とにかく、もう一度だ。誰かが出るまで、何度でも……）

正義は一度受話器を下ろし、また同じ番号をプッシュした。再び呼び出し音。ところが、今度のそれは十秒ほど続いたのち、突然途切れてしまった。残ったのは「ツー、ツー」という、延々と規則的に繰り返される、あの無機質で、不愉快で、突き放すような電子音のみ。

再度かけ直しても同じ音。

（こ、壊れた……？　いや、どこかで電話線が切れたのか……！）

足元が、急速に崩れ去っていくような感覚。電話線は急ごしらえである上、点検等もほとんどなされていないのだ。もともと接続が悪く、ちょっとした風か何かで不通になってしまったとしても、不思議はない。

（よりによってこんなときに……）

正義は荒々しく受話器を置き、もう一度かけ直す。不通。もう一度。不通。もう一度……。


（神様……）

ウサギ小屋の屋根から転げ落ちると、正義は全身を痛みに苛《さいな》まれ、地面に大の字になった。

無数の星が、今にも落ちてきそうだった。

（あまりにもひどいじゃないですか。どうしてこんなことをするんですか、ねぇ神様……）

精も根も尽き果てていた。ガソリンが盗まれた。知人の協力は期待できない。救急車は呼べない。

母を病院に運ぶ手段はなくなった。もはや彼には、祈ることくらいしかできなかった。

（僕は死んでも構いません。代わりにどうか、妹と母さんを助けてください。僕の命なんて、いりませんから……）

彼は祈った。母のために。まだ見ぬ妹のために。両目から涙をあふれさせながら、祈った。

その祈りは。どこかに通じた。

「うわっ⁉」

唐突に、本当に唐突に。正義は、両目を指で突かれたかのような痛みを感じた。驚き、うめき、身をよじって、両手で顔を覆う。顔面に強烈な光を投げかけられたのだと、一瞬遅れて気が付いた。

光……そう、光だ。

いったい誰が？

「ウサギ泥棒、どんな顔かと思えば」

光の方から声がする。男の声だった。正義はなんとか上半身を持ち上げると、細めた両目を使って、指の隙間から相手を見定めようとした。まばゆい光の中、人影が三つ。光源の正体は、その三人が手にした懐中電灯だと、ようやく分かった。

「正義じゃないか。何してんだ」

男はそう言うと、懐中電灯を下ろした。ほかの二人もそれにならう。今度は急に光を奪われた形になり、正義は目を瞬《しばたた》いて、明暗の差に順応しようとする。そして思わず、「あっ」

と小さく声を漏らした。

「あなたたちは……」

正義は困惑した。

月明かりの下に立っていたのは、滅亡地球学クラブの三人だった。

「ど、どうしてみなさんがここに……？」

「どうしてって、それはうちの部のウサギ小屋だからな」

坊主頭の男子高校生——天堂碧が、アゴをしゃくった。正義が彼の視線を追うと、割れた窓の真下——先ほどのウサギ小屋に行きあたる。

おさげ髪の眼鏡女子、堤刹那が白衣を翻し、懐中電灯を片手に正義の横を通り過ぎた。彼女はウサギたちになるべく光が当たらないよう角度を調整しつつ、小屋の扉を照らす。よく見ると、扉の鍵の横には、マッチ箱サイズの直方体の何かが取り付けてあった。刹那はどうやら、その直方体を観察しているようだったが……やがて振り返った。

「誤作動のようです。扉も、開いた形跡はありません」

「誤作動？」

最後の一人——ポニーテールの部長・小松玉華が聞き返す。刹那は「ええ」と頷き、今度は扉の取っ手に触れ、ガチャガチャと動かしはじめた。

「感度が良すぎたようです。揺れただけで反応するなんて。また改良しなくては」

「よかった。泥棒がいたわけじゃなかったんだね」

玉華が、ホッと安堵《あんど》した表情をする。そこで正義にも、ようやく事態が少しだけ呑み込めた。つまり、小屋にウサギ泥棒が現れたと思って、この三人は駆けつけてきたのだ。どういう防犯システムが設置してあったのかは分からないが……。

「ほら、立てるか？」

碧が正義に手を差し出した。正義はその手を取ろうと思ったが、体がうまく動かなかった。彼は前のめりに倒れそうになり、地面に両手をついて体を支えた。

碧が驚いた様子で、正義の傍らにしゃがみ込む。

「お、おい、どうしたんだ？　どこか具合が悪いのか？」

「……助けてください」

「え？」

「どうか……どうか母さんと妹を、助けてください……」

絞り出すように……正義は語った。予定日を前にして、母の容体が急変したこと。大学病院に運んで手術をしなければ、母と、お腹の赤ちゃんの命が危ないこと。備蓄してあったガソリンが盗まれたこと。最後の手段として職員室に侵入したが、電話が通じなかったこと。

「お前さんがこんなところにいたのは、そういうわけか」

正義の話を聞くと、碧は頷き、校舎の二階に目をやった。窓の割れ目は、下りるときに元通り段ボールでふさいである。

(何をやっているんだ、僕は)

地面に四つん這いになったまま、正義はうなだれた。先輩とはいえ、相手は高校生。多分、車の免許も持っていないだろう。それなのに、いきなり不法侵入真っ最中の後輩から、「母と妹を救ってください」などと懇願されて、いったいどうしろと言うのだ。

(僕は無力だ)

正義は自分で自分が嫌になった。

目にたまっていた涙が、頬を伝って流れる。みっともないと思った。けれど、どうしようもなかった。幼子のように泣き、ただ奇跡を待つことくらいしか、今の正義にできることはなかった。

そして。

「なるほど、話は分かったよ」

小さな……本当に小さな奇跡だったが。

それは、たしかに起こった。

「確認するけど……もし燃料があったら、お母さんを病院に運べるんだよね？」

正義の目の前にかがんで、彼に目線を合わせ、玉華が言った。

「え、ええ。車は父のがあるので」

反射的にそう答えた。答えてから、正義は唇をかんだ。

もし燃料があったら。もし。あったら。

そんな仮定の話に、意味なんてない。そう口に出そうとしたが、はたせなかった。

「滅亡地球学クラブ、緊急会議！」

正義が何か言う前に、玉華が勢いよく立ち上がり、声高らかに言い放ったから。

「議題は研究旅行の行き先について！　意見のある人！　はい、堤物理班長！」

「大学病院がいいと思います」

「え……？」

正義は耳を疑った。向かい合う三人。手を挙げ、指名される刹那。そして今、彼女は何と言った？

脳が理解しない。そして理解されないままに、現実は進行する。

「賛成の人は挙手！」

玉華が右手を天へと伸ばし、他の部員二人もそれにならう。茫然《ぼうぜん》とする正義に対して、玉華がチラリと目配せをする。

訳が分からなかった。

しかしながら、気付くと正義も手を挙げていた。理屈ではなく、本能のようなものだ。四本の腕が、夜空に向かって伸ばされ……玉華の満面に、笑みが広がった。

「全会一致！　では、天堂生物班長、さっそく準備を」

「へいへい」

碧が、面倒くさそうに答えながらも、迅速な動作でウサギ小屋の扉を開け、中に滑り込んだ。藁からウサギを地面に下ろし、一度背中をなでてやってから、今度は藁をかき集めてどかす。その下から姿を現し、懐中電灯の光の中に浮かび上がったのは……地面に備え付けられた木製の扉だった。

碧は、その重たそうな扉を両手で開く。外から見守る正義は、思わず息を呑んだ。

ウサギ小屋の真ん中に、四角い穴が口を開ける。そして、その奥に手を突っ込んだ碧は、赤色の何かを引っ張り出したのだ。

「これは……！」

「さ、間に合わなくなる前に」

玉華に促され、正義は混乱しながらも立ち上がった。ウサギ小屋から碧が、赤い何かを抱えて出てくる。

見間違いではなかった。どの角度から見ても、それはポリタンクだった。表面に「がそりん」と大きく書かれた、ポリタンクだった。

＊

碧は必死にペダルを踏んだ。自転車の荷台にポリタンクを縛り付け、力の限り。

身体全体をばねのように使うと、車体の動きに合わせて、暗闇を裂くライトが右に左に暴れ回った。前を走る正義を見失わないように。なおかつ、スピードを落とさないように。全身の筋肉を躍動させる。汗が飛び散り、呼吸が乱れる。

「こっちです！」

正義の声に従って、碧は線路沿いの道から逸れた。左右を畑に挟まれた農道だが、向かう先にはささやかな光がぽつぽつ見えている。正義の家は、おそらくあの住宅街の中。

すでに玉華と刹那ははるか後方だ。合流なんてあとでもいい。今はとにかく、荷台のガソリンを一刻も早く届けねばならない。

そう、届けねばならないのだが。

「なあ、正義」

碧は、前を行く正義に言葉を投げた。互いに自転車を走らせながらのことだったので、一度目は聞こえなかったらしい（正義が乗っているのは、玉華に借りた自転車だ）。碧は間を置かず、もう一度繰り返した。声を置き去りにしてしまわないよう、力をこめて。

「正義！」

「何ですか！」

正義も同じく、大声で返してきた。きっと、重要な質問が飛んでくると予期していたのだろう。あいにく、尋ねたかったのはもっと些細《ささい》なことだ。

「名前、何て言うんだ」

「えっ！」

「名前だよ、名前！　妹の！　まだ決まってないか！」

なぜ今、このタイミングで。

自分で訊いておいて、おかしいというのは分かった。それでも質問せずにはいられなかった。これから生まれる小さな命――碧たちが救おうとしている命のことが、無性に気になったのだ。

「……です」

「なんだって！」

「光彩です！　ミ！　サ！」

「そうか、ミサか！」

住宅街が間近に迫ってくる。碧はカーブでバランスを崩しかけ、なんとか立て直した。

「大丈夫だ、きっと助かる！」

碧は叫んだ。根拠などなかったが、夜の真ん中で叫んだ。久しぶりに大声を出したせいだろうか。気持ちが高ぶっていた。

「生まれたらさ、俺にも赤ちゃん、見せてくれよ！　ああ、落ち着いたらでいいけどな！」

前を走りながら、正義は何か答えた。しかし、その声は風の中に消えてしまい、碧の鼓膜までは届かなかった。それでもいい。あとで聞けばいい。

不思議な感覚だった。とにかく命を救いたい、という気持ちもあったが……何より、碧は赤ん坊の誕生を楽しみにしている自分を発見した。

何かを楽しみにすることなど、久しくなかった。

未来を考えることなど、とてもできないと思っていたから。

けれど。

（できるってのか？）

歯を食いしばって自転車を走らせ、風を切りつつ、碧は戸惑った。

その先に滅亡が待っていると分かっていながら、前を向いて生きる。それは、碧には縁のないような、強い生き方だと思っていたが。

(俺も、未来を楽しみにできるってのか？)

赤ん坊の無事を願う正義。同じく、その小さな命と対面してみたいと願う碧。

彼らの未来は、たしかにあった。

たった百日程度でしかないが、それでも、その存在を否定することはできない。

碧は息を弾ませ、正義とともに、夜の中を滑っていく。

彼はこの夜、未来を楽しみにするという当たり前のことを、ほんの少しだけ思い出した。

＊

結論から言うと、帝王切開手術は成功した。

外ではようやく夜のとばりが払われようという頃だったが、大学病院の廊下は、看護師や医師が慌ただしく行き来していた。時々、移動式ベッドが通過し、受付の方から電話の音が鳴り響く。かつてより暗いとはいえ、天井には蛍光灯。廊下にいては分からないが、おそらく病室や手術室では医療機械も稼働しているだろう。この場所そのものが、文明の残滓《ざんし》のようだった。

正義は、疲れ切ってソファに腰を下ろしていた。不快な疲労ではなかった。

一瞬だけ対面できた赤ん坊の姿を、脳裏に思い描く。しわくちゃで、リンゴみたいに赤い顔をしていた。小枝のように細い手足に、さらに細い指がおまけのごとくついている。そして、信じがたいほど力強く泣いていた。

――さっきはすまなかった。ずいぶん取り乱してしまって。助かった。

第二子・光彩の誕生を確認すると、廊下のベンチに腰かけて、父は、そう切り出した。

――でもな、正義。一人で無茶をするのはよくない。危ない橋を渡ったそうじゃないか。

――絶対に助けたかったんだ。もし逮捕されることになったとしても。

紛れもない本心だった。けれど、父は厳しさと優しさの同居する目で、こちらをじっと見た。

――あの子は愛されて生まれてきた。それはお前も同じだ、正義。

――えっ……？

――父さんも母さんも、あの子のと同じくらいお前の幸せも願っている。

そう言って、父は一冊の文庫本を正義に手渡すと、ロビーの方に去って行った。その背を見送ってから、正義はカバーをなでる。トルストイの『光あるうちに光の中を歩め』。光。僕にとっての光は、何だろう。

向かいの壁――定期健診や予防接種のポスター（二年前の日付だ）の方に目をやり、正義はぼんやりと思った。

妹のために この命を使う。その気持ちはもちろん変わっていない。けれど、どう使うかを考えず、決意だけ固めたって意味がないことは、痛いほど思い知った。まずは僕が見つけなくてはならない。最期に妹と何をするのか、何を見るのか。

そのための方法は？　僕を導いてくれる光は……いや、僕が道標として選び取る光は、どこにあるのだろう？

「あ、いたいた」

聞き覚えのある声に気付いて、正義は顔を上げた。父が去ったロビーの方から……朗報を受け取ったらしい高校生三人が、歩いてくるところだった。

（ごちゃごちゃ考えすぎ、か）

正義は苦笑すると、立ち上がった。先頭を歩く、まばゆい笑顔の玉華が、嬉しそうに片手を上げる。

「よっ。おめでとう！」

「本当に、ありがとうございました」

　正義は三人に対して、深々と頭を下げた。対して玉華は、ベンチにストンと腰を下ろし、言った。

「あ、いいよいいよ、そういうの。頭なんか下げないで」

「え？　いや、そういうわけには……貴重なガソリンをいただいて」

「女の子なんだっけ？　名前はもう決まってるの？」

「はい。光彩です」

「ミサ……ミサか～。いい響きだね」彼女はベンチの上で伸びをすると、大きなあくびをし……思い出したように付け加えた。「あと、勘違いしないで。全部あげたわけじゃないよ。余った分はちゃんと返してね。私たちは、夏休みの旅行にガソリン使う予定だから」

「そ、それはもちろんです」

「あと、できれば使った分も何かで埋め合わせしてね。食糧とか、食糧とか……ええと、食糧とか。ちょっとでもいいから分けてくれると助かるよ」

「はい……あ、いえ、それは当然だと思うんですけど、僕が言いたいのはそういうことじゃなくて」

　貸し借りの話ではなく、きちんとお礼がしたい。

正義は心からそう願った。けれども、玉華のあとを引き継ぐ形で、今度は刹那が言う。

「こちらはガソリンを提供しました。その分は金銭か、食糧か……どのような形であれ返却していただければ問題はありません」

「はあ……」

（たしかに、そう……なのか？）

正義は混乱した。すでに明け方になり、頭がぼんやりしているせいもあるかもしれないが……。常識と非常識の境目があやふやになる。世間では、母と妹の命を救ってもらった場合、ガソリン代を払うだけで済ませるものなのだろうか？

頭の中で、疑問がぐるぐると渦を巻く。それが、何らかの形で伝わったのかもしれない。

玉華がまた、元気よく立ち上がった。

「そうだ。埋め合わせは、物じゃなくてもいいよ！」

「え」

「滅亡地球学クラブに入部してくれれば、なんと！　ガソリン代はタダ！」

「また思いつきで妙なことを……」

碧が、あくび混じりにそう言った。てっきり、疲れてうんざりしているのかと思ったが……なぜか、口元が少しほころんでいた。

「見ろ、正義が困ってるだろ」

「そう？　でも実はね。ここで助けて恩を売れば、入部してくれるんじゃないかな〜って、ちょっと期待してたんだよね」

「さすが玉華先輩。聡明です」

「お前ら、いろいろ台無しだぞ」

碧が、玉華と刹那をたしなめる。いや、たしなめながらも、どこか楽しげで……そのやり取りを見ていると、胸が、少しだけあたたかくなった。

光あるうちに光の中を歩め。

もしかしたら。

こんな人たちと一緒に、最期の生き方を探してみるのも、悪くないのかもしれない。

父に渡された本を、正義はそっと胸に抱いた。

4章

闇市に売っているもの、いないもの

「刹那も最初は、入る気なかったんだよな、滅地部」

「そうでしたか」

「とぼけるなって。ある意味、正義と同じってことだな」

「昔の話です」

　堤刹那は、おもちゃの王冠を手に取って、ハンカチを使って磨きながらそう答えた。滅亡地球学クラブの活動場所、いつもの空き教室——碧と正義は机と椅子をガタガタと移動させ、長方形の島を作ろうとしている。玉華は玉華で、チョークを振るい、黒板を装飾するのに夢中のようである。教室には午後の陽が斜めに射し込み、細かな埃《ほこり》を浮き上がらせている（教室というのは、どんなに丁寧に掃除したとしても、机を動かせば埃が立つ。これは大宇宙の真理だ）。

　正義が机を持ち上げつつ、興味深そうにこちらを見た。

「そうだったんですか。じゃあ、何がきっかけで入部を？」

「猛獣に遭遇したこと、ですね」

「えっ」

「天堂生物班長がいなければ、滅地部は全滅でした」

　正義が目を丸くした。別に冗談を言ったわけではない。すべて本当の話だ。

刹那は、すでに動かし終えた席の一つに腰かけている。彼女の目の前には、いくつかのパーティ用クラッカー、水筒が三本、コンビーフとフルーツの缶詰。自分もかつて、こんなふうに歓迎してもらったものだ。ずいぶん時間が経ったようにも、つい昨日のことのようにも思える。不思議な感覚。

彼女は、思い出していた。滅地部への入部を決めた、あの特別な日のことを。

……中学三年の、秋のことだ。

すでにデルタ衝突の件は世界中に知れ渡っていたため、高校説明会の会場は空席だらけだった。ホールから出て、刹那はため息を吐く。自宅から五十メートルも離れていないゆえに、以前からこの高校に決めていたのだが……。ここでも教員の失踪が起こっているらしい。失踪者は、娯楽を求めて都会に出て行くのか、反政府組織にでも加わるのか、それとも、噂の新興宗教の修行場とやらに向かうのか……。仕事を捨てた大人たちが目指す場所を、刹那は正確には知らない。

(私はもう、大人になれないっていうのに)

刹那の胸に、憤りの火がくすぶっていた。

(私がすべてと引き換えにでも手にしたい未来を、大人は平気で投げ出している)

刹那は昔から、父と同じ物理学者になりたかった。だが、なれなかった。二年ののち——刹那が研究者どころか大学生にもなる前に、地球は滅亡する。

(なんだったんだろう。私のやってきたことって)

校舎横の花壇をぼんやりと見下ろす。ひどくむなしかった。胸の真ん中を、ざらざらとした、やすりみたいな感触の風が吹き抜けていく。

たくさん解いてきた問題集も。計算式と図形で埋め尽くした無数のノートも。すべてが無駄で、無意味だった。友だちと遊ぶのを我慢して物理を勉強して。観たいテレビがあっても我慢して物理を勉強して。その結果がこれだ。

花壇の前で立ち尽くしていると、自然と、涙がこぼれそうになった。望遠鏡や分厚い本などを担いだ男女に出会ったのは、そんなときだった。

坊主頭の男と、ポニーテールの女。男の方は学ランだが、女の方は制服ではなくTシャツ姿(豆腐のイラストがプリントされた奇妙なTシャツだったと記憶している)。この高校説明会に来てから、すでに高校生何十人かとすれ違っていたのだが……刹那が興味をひかれたのはこの二人だけだ。

望遠鏡。刹那が愛してやまない宇宙の覗き窓。

「あの、天文部……ですか?」

気付くと、刹那は声をかけていた。二人は立ち止まり、怪訝そうな顔をする。

「違うけど……あれ？　中学生？」

「説明会か」

坊主の男が、ホールのある方をチラリと見やる。それで、ポニーテールの女の方も納得したようだった。

「そっかそっか。うちの学校に入るの？」

「いえ、分かりません」

「そうなんだ。ねぇ、もし受かったらうちの部に入ってよ。まだ名前は決まってないけど、宇宙で一番楽しい部活だから」

ポニーテールの女は、持っていた分厚い本を花壇の脇に置くと、望遠鏡を刹那に見せた。あまりに遠慮なく近寄ってくるので、刹那はたじろいだ（女の背が刹那と比べて低かったことも、ある種の落ち着かなさをもたらした）。

「ほら、これ理科室にあったんだ。けっこう上等そうだと思わない？」

「そ、そうですね。……この時期だと、何を観測する予定なんですか？」

「え、星だよ」

「それは分かりますが、どの星を？」

「どのって言われても、分かんない」

剎那はあきれてしまった。が、女は大して気にもせず、ただニコリと笑って去っていった。坊主の男が、あとから続く。

正門の方へと歩き去る二人の後ろ姿を、剎那は見送り、またため息を吐いた。校庭では夕陽を浴びた生徒たちがサッカーをしていた。見るともなしに、その様子を眺める。そうして、自分も家路につこうとしたときに、剎那は気付いた。

花壇の脇に、分厚い本が置き去りにされている。

天文図鑑だった。

(だらしない人たちだなぁ)

剎那は図鑑を拾い上げた。剎那の家にあるものほどではないが、なかなか立派な本である。正門の方に目を向けるが、当然、あの二人は影も形もない。

職員室にでも届ければ、それでよかったはずだ。けれど剎那はそうせず、二人を追いかけることにした。なぜ、そんな面倒な選択をしたのだろう。今となっては、あまり覚えていない……いや、嘘だ。はっきりと覚えている。

要するに、剎那は苛立っていたのだ。星の名前も知らず、天文図鑑を置き忘れるような人間に対して、嫌みの一つでも言ってやりたかった。剎那が真剣に向き合い続けてきた物理学に、軽い気持ちで臨んでいる二人の高校生。二人を前にして――露骨な表現をすれば――優越感に浸りたかった。決して無駄骨ではなかったのだと、どんなくだらない形であれ、実感したかった。

そうでもしないと、心の平穏を保てそうになかったから。

望遠鏡を担いでいるせいで、目立っていたのだろうか。通行人を捕まえて尋ねてみると、二人の行き先はあっさり分かった。細い道に沿って、山の奥へと進む。十五年間生きてきた町だ。当然、山道だって歩き慣れていた。

けれども刹那は知らなかった。デルタに関する衝撃的な記者会見から、早数か月――人々の失踪（つまり人口流出）に伴い、付近の交通量が極端に減少するなど、環境が急激に変化した結果……地元のツキノワグマの行動範囲が、広がりつつあったのだ。

山道の途中。木々の上から絶え間なく響いていた鳥の声が、一瞬、聞こえなくなった。風が吹き抜けたとたん、妙な匂いが鼻につき、刹那は足を止めた。昔飼っていた犬の、しばらくお風呂に入れていなかったときの匂いにどこか似ている。刹那は眉をひそめ、前方を見やり……凍りついた。

上り坂になった山道の先――カーブの向こう側から黒い毛に覆われた熊がのっそりと現れたのだ。胸の白い模様がチラリと見える。ツキノワグマ。

太い四肢、毛皮越しにも分かる盛り上がった筋肉。人間が初めて二本足で立ち上がった頃、森の中に置き忘れてしまったすべてを、あの肉体は備えているように見えた。

熊はこちらに気付いたのか、その場で足を止めた。刹那は刹那で、金縛りにあったように動けない。距離はおよそ二十メートル。熊は何秒で駆け抜けるだろう？　走って逃げるか、様子を見るか、死んだふりか。いったい何が正解なのか分からない。

足が震えて、今にも座り込んでしまいそうだった。

けれどその前に、道路脇の藪から葉擦れの音がした。別の熊かと思って、刹那は失神しかけたが……そうではなかった。草木の間からそっと現れたのは、坊主頭に学ランの男。追っていた二人組の、片割れだった。

「あなたは……」

「静かに。熊から目を離すな。いいか、俺の言う通りにしろ」

男は口元に人差し指を立て、真剣な目をして言った。刹那は言われた通り、現れた男ではなく熊に意識を集中する。幸い、今のところは熊が襲ってくる様子はない。

「熊には絶対に背を向けるな。荷物を全部足元に」

男が小声で言う。心臓は破裂しそうであり、手は凍えたかのように震えていた。額から汗が流れる。本当は指一本動かすのも恐ろしかったのだが……刹那はなんとか、言われた通りに行動した。鞄と天文図鑑を、おずおずと地面に置く。その動作の間も、熊から目をそらさない。

「いいぞ。そうしたら、目を離さずに後ずさるんだ。ゆっくり、そう、ゆっくりだ」

手ぶらになった刹那は、男と並んで後ずさる。鞄と天文図鑑から、徐々に遠ざかる。呼吸が乱れ、いつもどんなリズムで息を吸ったり吐いたりしていたか分からなくなる……。

じりじりと、十メートルほど退がったときだろうか。三十メートル先でじっとこちらを観察していた熊は、不意に向きを変え、道路脇の藪の中へとサッととびこんだ。巨体に似合わぬ俊敏な動き。一瞬、何が起こったのか、刹那には理解できなかった。

「もう大丈夫だ」

坊主頭の男が言った。その声からは緊張感が消え失せている。刹那はその場にへたりこんだ。とめどなく汗が流れ……震える手では、眼鏡を拭くことも難しかった。

当然、天体観測は延期になった。

学校に戻り、熊のことを職員室で報告した三人は、空き教室の一つにやってきた。この二人——玉華と碧が、活動場所として勝手に使っているらしい。すでに夕闇が室内にまでじわりじわりと広がっていたので、懐中電灯をランプの代わりにした（あの頃は、ちょうど発電所が停止しはじめたばかりだった）。

その場で、この〝名前のない部〟についていろいろ尋ねて、刹那はまたあきれてしまった。天体観測をしようとしていたというのに、二人の宇宙についての知識はゼロに等しかった。月や地球の動き方さえ、満足に知らない。

——そもそも、惑星の公転軌道は円ではなく楕円ですよ。

——楕円……。どうしよう、円のこともよく分かってないのに……。

——そこで、ケプラーの法則の出番です。本当に何も知らないんですね。

——そう、何も知らないんだよ。

悲観するでもなく、恥ずかしがるでもなく、ただ事実を述べる調子で、玉華は言った。

——私には何もない。だからあなたと部活がしたい。あなたの知識と、想いを、私に貸して。

あなたに真っすぐ見つめられ、そんなふうに本音をぶつけられたら。断る気なんて起きなかった。

大人にはなれなくなった。将来の夢は叶わなくなった。努力に意味はなかったんだと打ちのめされた。

それなのにあなたは……私が学んだ物理が無駄ではなかったと教えてくれて。ここを最期の居場所と決めるには、それで十分だった。

――どうしよう、碧。迷ってるみたいだよ。

――仕方ないだろ。いきなり言われたって、普通は困る。

――いっそのことうちの部、天文部って名前にすれば入ってくれるんじゃないかな？

――そういう問題なのか。

刹那が、胸がいっぱいになって黙っていたものだから、二人はひそひそとそんなことを話していた。刹那は笑った。久しぶりに笑って、こう言った。

――私が入部するまでに、名前を決めておいてくださいね。

あれから一年半。今度は、私が迎える側になった。

「……というわけで！」

優しい思い出の湖に身を浸していた刹那は、玉華の声を耳にして体を起こした。黒板の装飾はいつの間にか完成しており、色とりどりのチョークを使って「歓迎！　安西正義君！」という文字と、虹やら花やら、教科書を参考にしたニーチェの似顔絵やらが描かれている。

指先をチョークの粉まみれにした玉華が、クラッカーを手に宣言する。

「安西正義君を、哲学班長に任命します！」

「まて、玉華。危ないから俺が引こう」

勢いのままクラッカーを鳴らそうとする玉華を、碧が制止した。露骨に不満げな顔をして、碧を見上げる玉華。教室の中央――八つの机を集めたメインテーブルでは、刹那の向かい側に座った正義が困惑している。刹那が磨いたおもちゃの王冠は、いつの間にか彼の頭に載せられていた。

「あの、さっきも言いましたが、僕は妹との過ごし方が見つかるまでの仮入部で……」

正義が何か言っているが、玉華と碧はまったく聞いておらず、クラッカーを取り合っている。刹那はいったん立ち上がり、ホウキとちり取りを手に戻ってきた。クラッカーが鳴らされるまで、黙って待機する。玉華を見ながら、待機する。

四人になった滅亡地球学クラブは、今までより少しだけ賑やかで……。楽しい未来を予感させた。この四人で滅亡の瞬間を迎える……気付くと、そんな夢さえも抱いていた。

けれども。

運命は、そんなささやかな幸福さえも許さなかった。

＊

「読まないことはないけどね。たまにチラッとだよ」

「私は、科学のコーナーだけは読みます。ほかは見ません」

玉華と刹那が、口々に言った。チョークを片手に教壇に立っている正義が、助けを求める視線を碧によこす。……が、正直、碧も女子二人と似たようなものだ。毎朝毎朝、トーストとコーヒーを味わいながら新聞を開く、などという高尚な習慣はなく、気が向いたときに聴くラジオが唯一の情報源だ。

「もしや、碧さんもですか」

「まあ、なんというか、お察しの通りだ」

碧が肩をすくめてみせると、正義はいよいよ困ってしまったようだ。たしかに、内戦前ならいざ知らず、ネットが失われた現在の日本においては、新聞を読まねばある程度まとまった量の情報を入手することはできない。つまり正義が向き合っているのは、すっかり世間から取り残されたあわれな高校生三人組。

「うちの部、三人ともこんな感じで。だから正義君をスカウトしたってわけ。どう？　ナイスな判断だったでしょ？」

「う～ん、どうしてこんなことに……」

ケラケラと笑う玉華を前にして、正義が頭を抱えた。

歓迎会の翌日――いつもの空き教室で、滅地部は活動を開始していた。新テーマは「滅亡までの歴史」。今、哲学班長・安西正義がみなの前に立ち、どのように歴史をまとめていくか、方針を決めようとしているところである。だが、会議開始から数分で明らかになったのは、正義以外の三人が新聞をほとんど読まず、歴史どころか昨日、今日の社会情勢にも疎《うと》いという非情なる現実であった。

「野球部に入ってくれ」と言われて来てみたら、自分以外がキャッチボールもまともにできない連中だったら、どう思うか。碧は心底申し訳なく思った。というか「やっぱり入部やめます」と言われても仕方がないくらいだ。

しかし幸い、キャッチボールのできない輩を前にしても、正義は音を上げなかった。

「分かりました。では、熊田原町の歴史と、ここ数年の世界情勢、両方を勉強しながらまとめられる、いい方法を考えましょう」

正義はめげることなく、黒板に小さな字で「地元の歴史」「世界情勢」と書き込んだ。根が大真面目な男なので、エベレスト的にそびえたつ困難に真正面から挑もうとする。

「そうだね。いい機会だからみんなで勉強しよう」

やることが山積みだというのに、玉華は楽しそうだった。いや、山積みだからこそ楽しそうなのかもしれない。やることが増えれば心配も増えていく碧からすると、異星人みたいな感性だ。

「正義さん。図書館に行けば、過去の分の新聞もありますよね」

「ええ。でも、全部そろっているかは分かりません。特に、世界暴動直後とか、内戦期の新聞は保存されているかどうか……」

「そうか。……まあ、そこはあるもので間に合わせるしかないな」

碧が言うと、ちょうどそれが締めくくりになった。玉華が満足げにうなずき、正義が黒板に小さい字で「図書館」「あるもので間に合わせる」と書き、刹那が律儀にメモを取る。

当面の活動は決まった。

「図書館で勉強」である。

(普通の中高生に戻ったみたいだな)

碧は心の中でそうつぶやき、苦笑した。

「やあやあ、滅地部。やってるかい？」

そのとき、空き教室の戸がガラガラと開き、長身の茶髪男が一人、入ってきた。学ランの前を全開にしており、下に着ているオレンジ色のTシャツがやけに目立っている。

演劇部の部長・愛澤久人《あいざわひさと》である。ノックもなく入ってくる図々しさはいつものことだ。

「久人じゃん。練習中じゃないの？」

「日々是芝居。俺は常に役を演じているから、稽古は不要なのさ」

「ふうん、そうなの」

玉華に雑な応対をされているが、久人は特に気にする様子もない。彼は碧の席まで歩いてくると、机に片手をついた。

「碧……ええと、ここでは生物班長サン、だっけ？　明日、時間あるかい？」

「用件によるな」

「ちょっくらね、手伝ってほしいことがあるんだ」

「……あ～」

久人に言われて、碧は天井を見上げた。

滅地部は先日の新人勧誘の際、演劇部からローブと付け髭を借りたのである（玉華が大賢者の恰好をした意味があったのかどうかは、考えないこととする）。そして碧はこの男に対し、何らかの形で礼をすると約束したのだ。

玉華も思い出したのか、ポンと手を打った。

「そっか。ローブと付け髭。あれがあったから、私の演技がもっと魅力的になって、新入部員が入ったんだもん。お礼しないとね」

「そういうわけだ、部長サン。明日の土曜日、碧を借りていいかい」

「どうぞどうぞ。たとえ地球が滅ぶ直前だって、約束は守るべきだからね」

碧を蚊帳の外に置いたまま、彼を貸し出す闇の取引が成立してしまった。もちろん、碧としても約束を反故《ほご》にするつもりはない。彼は椅子の背にもたれかかったまま、同意した。

「分かった、手伝うよ。何をすりゃいいんだ？」

「まあ簡単に言うと、君を奴隷のようにこき使いたい」

「…………」

「冗談だよ、そんな目で見ないでくれ。本当は、ちょっとした遠征さ」

「遠征……。手伝いは俺だけでいいのか？」

「力仕事だからね、男だけでやろうと思っていて。明日の朝から……おや？」

空き教室を見回していた久人は、ふと、言葉を切った。彼の視線が注がれているのは、教壇の上に立っている正義である。彼はしばらく、チョークを片付けたり、指についた粉を払ったりしていたが……やがて、茶髪の妙な男に注目されていることに気付き、たじろいだ。

「いるじゃないか、もう一人」

久人は、奴隷候補が増えた喜びを隠そうともせず、ニヤリと笑みを浮かべた。

「そう、ここだ、ここ」

荷車をひいて歩いていた久人は、そう言って立ち止まった。碧と正義、そしてほかの演劇部員たちも足を止める。碧のひいていた荷車が、キィィ、と嫌な音を立てる。彼は顔をしかめてから、目の前の〝それ〟を見上げた。

そこは、県道沿いにある大型電器店だった。もうずっと前に閉店したのだろう。すべての入口にはシャッターが下りているが、あとから車か何かが突っ込んだらしく、大きな穴が開いている。壁にはスプレーによる落書き。かつて駐輪場だった場所は、自転車ラックの間にカップ麺の容器やビールの空き缶などが捨てられて、ひどく散らかっていた。

店を前にして立っているのは八人。久人と、男子演劇部員五人、碧、正義である。彼らはジャージを着ていたり、下は制服のズボンで上はTシャツだったり、妙な鎖のようなものが腰から垂れ下がっているズボンを穿いていたり、いろいろな恰好をしていた。久人は薄手の七分袖カーディガンを羽織り、首からは小さなリング状のネックレスをぶら下げている。そのままデートにでも行けそうな姿だ。碧と正義は夏用の制服。碧は単に服を選ぶのが面倒だっただけだが、正義は部の活動の延長と解釈したらしい。生真面目な男だ。

荷車は交替でひいてきたものが三台ある。碧たちはそれらを駐輪場跡に置き、シャッターの破れ目へと向かった。

久人を先頭に、暗い店内に足を踏み入れる。入口付近には無数のガラス片が、砂埃にうっすらと覆われて光沢を失い、虫の死骸のように散らばっていた。

「部長、ずいぶん荒れてますけど、大丈夫ですか？」

「もう盗《と》られたあとなんじゃないスか」

「平気さ、多分ね」

　演劇部員たちが心配していても、久人は楽観的だった。彼は一歩踏み出したが、ガラスと砂がこすれる耳障りな音がしたので、慌てて足を引っ込める。苦笑しつつ、こちらを振り返った。

「俺たちが欲しいのは、おいしいものでも貴重なものでもないからね。さあ、行こうか」

　彼は、今度はゆっくりと一歩前へ。五人の男子演劇部員たちがあとに続き、最後に碧と正義がガラスの上を渡った。

　店内は静まり返っており、足音が不気味に響いた。部員たちが懸念したとおり、陳列棚はひどく荒らされていた。天井から下がる「ＰＣ用品」「洗濯機」などという看板はそのままだが、商品はほとんど残されていない。店全体をひっくり返して空っぽにし、あとからゴミと棚だけを雑に放りこんだような有様だ。その様子を見て、碧は首をひねった。

「そんなに欲しいものかね」

「電気がまだ使える頃だったのかもしれませんね」破れた値札やポップだけがむなしく残った棚を眺めつつ、正義が言った。「もしくは、電気が豊富な都会に売るとか」

「なるほどな」

碧は頷き、視線を巡らせた。棚の陰や壁際には、壊れた炊飯器や掃除機などが放置されている。奥に進むほどに暗くなっていくので、一行は懐中電灯を点けた。

やがて彼らは、レジカウンターを見つけた。大型店というだけあって長大なレジであり、床には客を誘導するためのラインがくねくねと、何度も折れ曲がりながら引かれている。レジはどれも、無理やり開けられた形跡があった。床に落ちている何枚かの小銭だけが、今のこの店にある金銭のすべてだろう。もう満足に釣りも払えまい。

「おお、あったあった」

久人がレジカウンターの裏側を覗き込み、ニヤリと笑った。カウンターの上に腹を乗せ、向こう側に手を伸ばす。やがて彼は、折りたたまれた段ボール箱を引っ張り出した。碧が懐中電灯を向けてみると……段ボールについた足跡と、いくつかの破れ目が浮かび上がる。

「こいつはダメだけど、きっと使えるものもあるはずだ。さあ、手分けして探そう」

ボロボロの段ボールをカウンターに置いて、久人は言った。演劇部員五人が、それぞれ懐中電灯を手に店内へと散っていく。碧と正義も、それにならった。

「つまり、段ボールを探しているんですね？」

「そうらしいな。小道具とか大道具とかに使うんだろう」

二人は「サービスカウンター」と書かれた看板の下へやってきた。カウンターの向こう側には紙の箱やら砕けた電子基板やらが落ちているだけで、段ボールはない。再び歩いて、今度は「カメラ用品」のコーナーへ。

「悪いな、入ったばかりなのに、付き合わせて」

「いいんです。だってこれも、滅亡地球学クラブの活動と、無関係ではないのでしょう？」

「ま、そうだな」

「だったら、やりますよ。入部するからには全力を尽くします。一個一個の仕事に、魂を込めるつもりで」

「お、おう」

若干肩に力が入りすぎている気もするが、やる気があるのはいいことである。碧はそれ以上何も言わず、棚を照らした。割れたレンズがいくつか落ちているのを例外として、カメラ本体やパーツはすべて持ち去られていた。が、棚の一番端っこの下段を照らしてみると……大型本くらいのサイズの、紙箱が残されていた。

「あった。刹那のにらんだとおりだ」

碧はその紙箱を拾い上げた。懐中電灯の明かりの中に、「印画紙　50枚入り」という文字が浮かび上がる。

「これですか。印画紙ってどういうものなのか、僕、よく分かってないんですけど」

「俺もよく知らん」

「何に使うんですか？」

「この前、山小屋をカメラに改造してな。それで撮影するのに、印画紙が必要らしい」

「山小屋をカメラに？？？」

「ああ。今度見せるよ」

「おーい！　みんな、ちょっと来てくれ！」

久人の声が、フロアに響く。碧と正義は、印画紙の箱を片っ端から鞄に詰め込んでから、声のした方に歩いて行った。


「略奪した連中は、ちゃんと梱包していかなかったらしい。行儀が悪い」

そんなことを言いながら、久人は上機嫌だった。三台の荷車には段ボールが山積みになっている。八人は協力して、落ちないようにしっかりと結びつけた。

あのあと、一行は「ＳＴＡＦＦ　ＯＮＬＹ」というプレートの貼られたドアの向こうで、大量の段ボール箱を発見したのである。彼らが懐中電灯で照らすと、折りたたまれた段ボール箱が、壁際に大量に積み重ねてあり……一番上のものは埃がたまってひどく汚かったが、それ以外はきれいで、あまり傷んでもいないようだった。

彼らは喜び勇んで、段ボール箱を外の荷車に積み込んだ。日が高くなりはじめ、みな汗をかいた。八人は休憩し、水筒の水を少し飲んでから出発した。

「悪かったね、生物班長サン。遠くまでついてきてもらって」

「いや、借りを返しただけだ」

「また今度、何か礼をさせてくれよ」

「何言ってんだ。それじゃあキリがない」

交替で荷車をひく帰り道は、そんなどうでもいいことばかり話していたら、あっという間だった。碧と正義は、商店街の前で演劇部員たちと別れた。

「段ボール、たくさんありましたね」

「あれだけあれば、きっと足りるだろう」

碧は手の汚れを払いながら言った。そして、「熊田原ふれあい商店街」と書かれたアーチをチラリと見上げる。

学校から山や畑の方へは向かわず、住宅を横目に見ながら線路沿いにしばらく歩くと、この商店街に行き着く。熊田原駅の近くとはいえ、世界暴動以前からひどくさびれており、いわゆる典型的な田舎の商店街というやつだった。今はアーチも土埃にまみれ、余計にみすぼらしく見える。アーチについていた丸時計はずっと前に盗まれており、その場所だけ日焼け具合が違うせいか、円形の跡がくっきりと残っている。

「俺たちは、もうちょっと探し物続行だな」

「それも、刹那さんからの頼まれ事ですか？」

「ああ」

碧は手帳を取り出し、今日の日付の欄の走り書きに目を通した。「印画紙」はすでに見つけたのでバツ印をつけてあるが、「ライト」や「新聞」などがまだ残っている。

碧は電器店で段ボールを探しながら、同時に、滅地部の活動に使う品物も探していた。しかし、やはり略奪後の店では限度があり、結局印画紙しか見つけることができなかった。かといって、待っていれば配給で自然に手に入る、という類のものでもない。あとは略奪されていない店で、金を払って手に入れるべし。なんとも文明的な行為だ。

「行くか」

碧と正義は、商店街の入り口のアーチをくぐった。ただし、その向こうにあるのは元の商店街ではない。政府から許可されていない、非正規の店の群れ。

闇市である。

狭い道の左右には、露店が切れ目なく続いていた。もとは普通の商店街だったところに、さらに屋台のようなもの、テント、ただゴザの上に商品を並べただけの店などが増設され、混沌として足の踏み場にも困るほどだ。そして、土曜の昼間ともなれば、あたりは客でごった返しており……町中の活気を全部集めて大鍋で煮込んで、この元商店街にぶちまけたのではないかと思うほど、エネルギーに満ちていた。店の者たちが客を呼ぶ声が、あちこちから重なり合って聞こえてくる。

隣の人間に話しかけるのも一苦労で、二人の声は自然と大きくなった。

「まずは何から買いますか」

「砂糖は必ず確保したい。あと、缶詰類もできればたくさん」

「え？　それって部活と何の関係が？」

「部で遠征するときの、弁当用の食材だそうだ。……刹那から頼まれたが、これは多分、玉華の注文だな」

「なるほど。それならたしかに、必要経費ですね」

正義が納得したように頷く。分かっていたことだが、けっこう、細かいことを気にするタイプのようだ。

「缶詰というと、種類はなんでも？」

「『できれば魚』と書いてあるな。探してみよう」

碧は手帳をズボンのポケットにねじこんだ。鞄から空の買い物袋を取り出してから、正義とともに人混みの中を苦労して進む。碧は鞄の内ポケットがあるあたりを、上から押さえた。正義の両親から受け取ったガソリン代、配給の煙草やビールを転売した金、ウサギを売って得た金……エトセトラ。掏《す》られるわけにはいかない。

「おっちゃん、魚の缶詰はあるか？」

「一個三万」

「二十個買うから、安くならないか」

碧は、缶詰をゴザの上に山積みにした露店を見つけ、その店主と交渉してみたが……すぐに決裂した。舌打ちする店主に背を向けて、また別の店を探しはじめる。すると、十メートルも行かないうちに次を発見した。惣菜屋だった建物を勝手に使っているらしく、コロッケやら空揚げやらが置いてあったはずのガラス製ショーケースに、今は缶詰が押し込められている。今度は正義が交渉したが、首尾は芳しくない。

「中学生と高校生だからって、なめられてるな」

「そうなんですかね。単純に缶詰が高くなっただけ、かもしれませんよ」

「だとしたら、もっと困る」

人の群れの隙間を縫うように進みながら、碧はぼやく。流通網がほとんどマヒした昨今でも、生魚と違って缶詰はまだ良心的な価格だったはずだが……。ことごとく紙くずに変わってしまう前に、現金は食糧やガソリンに換えておかなくてはならない。

密集した人々のせいで、ひどく暑いし、息苦しかった。碧と正義は辛抱強く、五つの店を回った上で、結局、最初の店で缶詰を購入した。一万円札六十枚と引き換えに購入した二十個の缶詰を、買い物袋に押し込む。

そのとき、喧嘩でも始まったのか、人混みの向こうが騒がしくなった。碧は顔をしかめ、正義を促して踵を返した。闇市は物騒だ。殴り合いで済めばよいが、いつ武器が飛び出して、無関係な人の血まで流れるか分からない。二人は人の波に抗《あらが》い、怒鳴り声から遠ざかるように移動した。途中、砂糖が安く売られているのを見つけたので、購入する。

混雑を抜けて、二人は商店街入口のアーチを再びくぐった。足を止め、額の汗をぬぐう。

「ひどい目に遭ったなあ。人間ってのは、どっかから湧いてくるものなのか」

「まともに営業してるお店、ここ以外ありませんからね。集まってくるんですよ」

正義も、さすがに疲れている様子だった。彼はしばらく深呼吸してから、碧が取り出した手帳を横から覗き込んでくる。

「買うもの、あとは新聞くらいですか？」

「いや、まだだ。青いライトが要る」

「青いライト？　ありっこないですよ、そんなの」

「蛍観察に必須なんだ。普通のだと、蛍の繁殖行動を邪魔しちまう」

「でも、豆電球だってたまにしかないですよ」

「だが刹那はいつも……」と言いかけて、口を閉じた。たしかに正義の言う通りである。しかしそうなると、刹那がいつもどこから電気回路の材料を調達しているのかが謎だ。「どこで売ってるのか、聞いてくりゃよかった」

「刹那さんも変わった方ですよね」

「だな。……もしかしたら、父親のコネとかで部品を手に入れてるのかもしれない」

「親御さん、電器屋さんか何かなんでしたっけ？」

「いや、物理学の教授だそうだ。今は、デルタの研究があるとかで、あんまり家に帰ってこないらしい」

「ああ、たしかに、前にそのような話を聞いたような。でも物理学の教授だからって、機械の部品がたくさん手に入るかといったら、ちょっと違うような」

「それもそうか。……まあ、考えても仕方ない。ライトを除けば……あとは新聞だけだ」

　碧は、手帳の買い物リストにバツ印をつけた。明日以降の欄はすべて空白であり、それを見た正義が眉をひそめる。

「手帳、真っ白ですね」

「玉華が何をやらかすか分からないからな。可能な限り空けてあるんだ」

「まるで保護者のようです」

「本物の保護者とは、その……いろいろあるわけだ」

碧は言葉を濁した。玉華と彼女の両親のことは、どこまで話していいのか分からない。端的に言うと、うまくいっていないわけだが……。デリケートな話題だ。多分、必要があれば自分から言うだろう。

「とにかく、俺が支えてやらなきゃ危なっかしいんだ、あいつは。非常に面倒だが」

「そうなんですか。保護者というか兄さんでしょうか」

「そっちの方が近いかもしれないな」

「僕も、良い兄さんになりたいんです」

正義はアーチの柱に寄りかかると、水筒を取り出し、フタに何か黒い飲み物を注いだ。どうやらコーヒーらしく、正義は一口飲んで顔をしかめる。

「妹は小さいので、何か教えてあげる、とか、そういうことはできないかもしれませんが。それでも、僕が安西光彩の兄さんなんだと、胸を張って言える安西正義に、絶対になりたい」

(良い兄さんになりたい、か)

苦労してコーヒーを飲み進める正義をぼんやりと眺めつつ、碧は心の中でつぶやいた。苦いコーヒーが飲めれば大人になれるわけではないが、とにかく何でもやれることをやろう、という姿勢は、うらやましくもあった。

「なりたい自分」があるからこそ、正義はこうやって努力できる。

(やっぱり俺なんかより、ずっとちゃんとしている)

碧は、自分の胸に手を当てる。心臓の鼓動を手のひらに感じる。けれど、それだけだ。

碧ははたして、地球が滅亡するまでに、玉華の言う「やりたいこと」を見つけられるだろうか。分からない。では、正義のように「なりたい自分」を探すのはどうか。分からない。

(なりたいもの……。なりたいものか)

もう覚えてはいないが……昔は碧にも、将来の夢があったはずだ。デルタの出現によって、すべては叶わぬことが決まった。なりたい自分を目指すには、碧たちに残された時間はあまりにも少ない。

(けど、やりたいことより、なりたいものの方が見つけやすいかもしれない。探してみる価値はありそうだ)

正義の母親と妹のために、ガソリンを運んだあの日。碧は未来に対する〝楽しみ〟を、たしかに感じた。今はまだ、未来に目を向けることは激しい痛みを伴うが……。あの日の感覚をまた味わいたいと思っている。玉華や正義のように前を向きたいと思っている。

「……すみません、飲むのを待ってもらっちゃって」

正義が申し訳なさそうに言うのを聞き、碧は我に返った。待っていたつもりはないのだが、とりあえず「ああ」と返事しておく。

「さて、行くか。……そうだ、自転車が欲しいとか言ってたよな。たしか、前のは盗まれたとかで。ついでに探すか？」

「いえ、大丈夫です。そういうのはプライベートのときに買います」

「遠慮深いやつだな」

「今は部活の時間。公私混同はよくありません」

「公私って……まあ、いいか。じゃあ新聞探しだな」

「はい」

二人はまた、人でごった返す商店街へと足を踏み入れた。碧が率先して、以前闇市に来たときの記憶を頼りに新聞売りを探したが、あいにく、闇市は一日ごとに姿を変える魔境である。極端な場合は、数時間のうちに三回も四回も店が入れ替わるのだ。おまけに、国民カードの偽造を請け負う店や、危険ドラッグを取り扱う店など、その性質上看板を出していないところも多く、目印が乏しい。

　時間をかけてようやく、路地裏にひっそりと店を開く屋台を発見した。

　二輪の荷車を改造したらしい、小さな屋台だった。少し傾いているが、初老の店主は気にしている様子もなく、カウンターに頬杖をついている。カウンターの上には雑誌が平積みにされ、屋台の前に設置されたラックには、全国紙のみならず、東西南北の地方紙、さらには違法新聞まで陳列されていた。

　正義は新聞のラックを観察し、やがて、満足そうに言った。

「たくさんありますね。図書館に置いてない種類のものを買いましょう」

「どれが置いてあるか、分かるのか？」

「昨日調べてきました」

「準備がいいな。……ん？　今日の新聞をたくさん買って、どうするんだ？」

「新聞社によって、同じ事件でも違う書き方をしますから。読み比べないと分からないことも、あるかもしれません」

「なるほどな」

「……あ、これは『日日中高生新聞』」

「珍しいのか？」

「社屋が内戦で木っ端みじんに破壊されたという話ですが、発行は続いてたんですね」

正義は端から順に、新聞を集めてカウンターに置いていく。関東、関西、東北、九州……。そして、英語の新聞に伸ばしかけた手を、正義は止めた。

「刹那が読める。買っとこう」

正義の代わりに、碧がその新聞を手に取った。続いて初老の店主に、くしゃくしゃの一万円札を数枚、手渡す。

（缶詰よりもずいぶん安いんだな、新聞）

店主が金を三回数え直すのを待ちながら、碧はそんなことを考えた。記者たちは今も、使命感に駆られて取材を続けているのだろうか。それとも、政府の大本営発表をそのまま垂れ流すだけなのだろうか。

日本国内の情報規制は深刻だ。二度と「暴動」が起きぬよう、日本中を分断しておく腹積もりなのだろう。政府と反政府組織による内戦、ネット上でのデマの流し合いを経てのネット完全凍結の結果として、何が誠で、何が嘘かを見極めるのは困難になった。合法の新聞には政府の検閲が入っている。人々は疑心暗鬼になり、新聞の価格は他の生活必需品と比べて低くとどまっている。

新聞。

かつて、母が人生をかけたもの。

人々を自由へ導く旗手となるべく生まれたはずの、情報の塊。

人類史上、最も軽くて、もっとも強力……だった武器。

「ん？」

新聞束を抱えて店を去ろうとした、そのときだった。カウンターの向こう側——在庫の雑誌と並べて置かれた〝それ〟がたまたまチラリと目に入り、碧は足を止めた。

首の後ろがチリチリと痛む。視界の真ん中にはっきりととらえる前だというのに、不吉な予感が毒となって胸にしみ込む。

(見ない方がいい)

碧の中の本能に近い部分が、そう警告していた。けれど二つの目は自然と、そこに記された文字を追ってしまう。

赤と黒の太い文字。「民衆よ、怒れ！」。

積まれていたのは、暴動を呼びかけるビラだった。

暴動。そう、暴動だ。怒りそのものが形をなし、すべてを呑み込んでいく、あの奔流。母と父の命を奪った、あの嵐。

「うっ……」

「え？　碧さん？」

強烈な目まいを感じて、碧は手近な壁に手をついた。屋台も、新聞のラックも、正義の姿も。急速に遠ざかっていく。あの日の光景が目の前に蘇る。

暴徒に取り囲まれる新聞社。無残に破壊されたバリケード。怒濤《どとう》のような暴動の真っただ中へと飛び込んでいった父の後ろ姿。燃え上がる家々。

（また繰り返すのか、あれを）

かろうじて、嘔吐をこらえた。世界がぐるぐると回っていた。まるで、碧を振り落とそうとしているかのように。

（あんなことがまた起こるのか）

二年前の世界暴動。こんな小さな田舎町までも蹂躙《じゅうりん》した〝あれ〟が、また？

父は死んだ。

母は死んだ。

（どうしてだ。どうして奪おうとするんだ）

心の中で、もう一人の自分がやめろと叫んだ。

けれど、思考を止めることはできなかった。

（……どうせみんな……死ぬってのに）

碧は血を吐くような思いで、心の中でつぶやいた。

そうだ。碧は死ぬ。間違いなく死ぬ。

こうしている今も、一秒ごとに、デルタは地球に迫ってきている。一秒生きるということは、一秒分、命の終わりへと近づくということ。恐るべき死の崖へと絶え間なく走っていくということ。

脂汗をぬぐい、空を見上げる。青さが目にしみる。やがてはデルタに奪い去られる青さだ。糸の切れた凧《たこ》のように。とりとめのない思考は止まってはくれず、碧を内側から苛《さいな》み続ける。最期にやること。なりたいもの。それらをこれから探そうという、ほんのささやかな決意を、痛みが押し流そうとする。

(生きてきた。こんなに必死に生きてきた。でも……)

窓に板を打ち付け、暴動と内戦の日々をやり過ごした。インフレの中でも、配給と闇市を最大限に活用し、なんとか食糧を確保した。

碧は頭痛を感じ、額を押さえた。蓋をし、目を背け、忘れようとしてきた物事が、ことごとく押し寄せてくる。

(でも……その先には死しかない。三か月後に死ぬために生きているようなものなんだ)

この場に立って、呼吸をすることが苦痛に思えてくる。

耐え難い死への行進にしか思えなくなってくる。

碧は生を渇望した。生は同時に、碧の全身を焼き焦がそうとする。

(俺も死ぬ。玉華も死ぬ。父さんと母さんのように……)

「碧さん！　碧さん！」

正義の声が遠くから聞こえる。まるで、水の中から外の声を聞いているような気分だ。しかし、碧を取り囲んでいるのは紛れもなく空気であり、世界はたしかに一分前までと同じ色で、同じように存在している。けれど、三か月後には存在していない。

気付くと碧は、地面に膝をついていた。

*

運命を知らなかった最後の日々、教室でどんな会話をしていたのかは、もう覚えていない。漫画雑誌の最新号のこととか、女性芸能人の誰が好みかとか、そんな内容だったのだろう。今の碧には、縁のないことだ。
二年前の六月六日——世界暴動が日本にまで飛び火し、爆発したのは、おおむね十六時頃であったとされている。

――隠蔽を許すな！

――命は平等だ！

妖星デルタの軌道に関しては、前々から疑問の声が上がっていた。「発表されたデータにはいくつもの矛盾がある」「デルタは地球に衝突するのではないか」……。国際宇宙局はついに隠し続けることを諦め、記者会見の場で真実を白日の下にさらした。

民衆を蜂起へと駆り立てた原因の一つには、主要国が共同で進めていた火星ロケット計画がある。「純粋な調査目的」と喧伝《けんでん》されていたにもかかわらず、その実、ロケットは主要国政府が選んだ者を宇宙に逃す、いわばノアの方舟《はこぶね》だったのだ。真実を隠しながら、政治家、資本家、一部の学者のみが脱出の計画を立てていた――その事実を知り、人々の怒りは爆発した。あらゆる国で、隠蔽を行ってきた政府公的機関、メディア各社は、民衆からの攻撃対象となって焼き討ちされた。データ捏造《ねつぞう》・改竄《かいざん》にかかわった学者たちも襲撃された。

碧の母の職場は、隠蔽を主導した新聞社の、支社の一つだった。

「心配だ。様子を見てくる」

あの日……テレビやインターネットで情報を集めていた父は、こらえきれずに、ついに言った。どのチャンネルにも、動画サイトにも、割れる窓ガラス、炎上する車、車道を埋める人々、プラカード――世界各地で発生した暴動の様子が映し出されていた。しかも、母の勤める新聞社はあちこちで名指しされ、口汚く非難されている。国民を売ったクソ企業。人殺し。人類の敵。

このとき、「行くな」と言って止めていれば、父は今でも生きていただろうか。……いや、そんな仮定に意味はない。そもそも、母を助けに行こうとする父を止めることなど、どうやっても不可能だっただろう。

「俺も行く」

碧は強引に父に同行した。二人は自転車を走らせ、母の職場を目指した。天堂家の近く——農道あたりは、さすがに人もまばらだったが、熊田原駅に近づくにつれて異様な空気が漂い出した。すでにその日の営業を終了していた銀行に、なぜか人が殺到していた。郵便局前も大混乱だった。スーパーには長蛇の列ができ、いたるところで殴り合いが発生した。人々はドラッグストアでトイレットペーパーを買い占めた。

碧は父とともに、それらを横目に先を急いだ。

駅の向こう側に建つ小さなビル——夕陽を浴びた大日本新聞の支社は、血にまみれているように見えた。碧たちが辿り着いたときには、暴徒の群れ、数十名が石を投げ、バットを振り回していた。エントランスには内側から鍵がかけられ、机や椅子が積まれており、即席のバリケードが出来上がっていた。

暴徒たちは、二本足で立ってはいるものの、獣と変わらぬ恐ろしい目をしていた。碧と父だけでは、とても近寄ることなどできそうにない。バリケードが突破される前に警察を呼んで来ようと、碧と父は交番へと自転車を走らせた。しかし、駅前の交番に警官の姿はなく、助けを求めに来た一般人がうろたえているだけであった。少し遠いが、警察署まで行こうか。そんなことを話し合いながら、いったん新聞社前に戻ってきたとき、彼らは見た。

近くに停車していた大型トラックがいきなり発進し、新聞社のエントランスに突っ込むのを。

砕けた窓ガラスが夕陽を浴び、空中で不気味に、血しぶきか火の粉のように輝いた。

そのあとのことは、あまり覚えていない。

父は、社屋に雪崩《なだ》れ込んでいく暴徒を止めようとしたが、無駄だった。彼らのあとを追って社屋に踏み込み、母を逃がそうと努力したが、それも失敗した。父と母は、裏口付近で暴徒に捕まり、バットや拳で散々に殴られた。

碧は暴徒に囲まれた二人を置いて逃げた。泣きながら逃げた。命を懸けて守ろうとか考える余裕は、一切なかった。そういう選択肢に思い至ったのは逃げ切ったあとだ。

火の手を上げる建物の間を、碧は走った。駅の近くは暴徒であふれていた。田舎町のどこにこれだけの人が隠れていたのかと不思議なくらいだ。高校生が粛清対象ではなかったことは幸いだった。人のいない方へ。農道まで戻ると人口密度は減少したが、このときの碧には、見知らぬ人がすべて暴徒に見えた。だから彼は、逃げ続けた。

気付くと彼は山の中にいた。夕陽が消えていくにつれて、町中で起こる火事がいよいよ目立ちはじめる。怒りの炉がそこかしこで燃えている。消防車のサイレンが遠く聞こえる。

ふらつく足取りで、一歩一歩山道を登る。何度も転び、息が乱れた。シャツは汗でびっしょりだった。足を止めると、置いてきた両親のことをようやく思い出した。加えて、一瞬にして全地球上を駆け巡った、滅亡に関する情報のことも。疲労と絶望が心を麻痺させる。ひどい風邪をひいたときのように、頭が痛み、熱をもっている。悪夢を見ているようだ。しかし、全身をむしばむこの苦痛が、すべては現実の出来事であると告げていた。

背後で葉擦れの音がしたのは、そのときだ。多分、鳥か何かだったのだろうが、心臓が口から飛び出すかと思った。恐怖に衝《つ》き動かされて、無我夢中で駆け出す。

そして。

自分がどこにいて、どの方向に走っているのかも分からずに……。碧は気付くと、崖から足を踏み外していた。体が、やけにゆっくりと傾いていくような感覚。老朽化して半壊した柵が目に映り、続いて四、五メートル下に、宵闇と同化して黒くなった水が見えた。体が重力にとらえられ、崖下へと引っ張られる。踏ん張ろうとするが、片足だけではどうしようもない……。

「危ない！」

突然、女の声がしたかと思うと、碧は強く手を引っぱられていた。体が落下を開始する寸前で引き戻され、尻もちをつく。

そこで、我に返った。

「……すまん、助かった」

力なくそう言って、碧は顔を上げる。彼と同様に地べたに座り込んでいる、ポニーテールの女と目が合った。女はTシャツにカーゴパンツというラフな恰好で、小柄だが、碧と同い年くらいに見えた。Tシャツには「HOTARU NO HIKARI」という英字が躍っていた。

女は薄暗がりの中で、ぼんやりと碧のことを眺めている。彼女の背後にはプラカードが投げ捨ててあり、碧は一瞬、土に尻をついたまま後ずさろうとした。……が、よく見ればそれは、暴徒たちの持っていたものとは明らかに異なっている。「地球愛護部（仮）」「蛍を見る会（どなたでも歓迎です！）」という文字。

女はしばらく惚《ほう》けていたが、やがてハッとした様子で身を乗り出した。

「よかった、落っこちたら大変だったよ。ええと……体験入部の人だよね？」

「えっ？」

「集合場所で待ってたんだけど、誰も来なくて。もう中止にするしかないのかな、って、思ってたところなんだ。来てくれてありがとう」

空は紺から黒へと急速に変わっていき、すでに相手の顔もはっきりとは見えなくなっていた。だが、彼女が嬉しそうだということだけは、なんとなく分かった。

「こんなことになっちゃったけど……せっかくだから見て行こうよ」

「いや、俺は……」

そのとき何を言おうとしたのかは、もう覚えていない。とにかく碧は口を開きかけ、そして閉じた。崖下を見つめる彼女につられて、そちらに視線を投げたのだ。

天の陽が消え去ったことで、はるか下方の川原において、別の光が浮き上がりだしていた。はじめは一つ二つ、次第にその倍、四倍、十六倍……。地上に降りてきた星々のように、光点は瞬く間に増えていった。黄緑色の幻想的な光だった。

「蛍か」碧はつぶやいた。生きた光点は無秩序に動き、夜の黒に光の筆で軌跡を描いた。彼女は女の隣で言葉を失ったまま、その美景をしばし見つめた。

それが、玉華との出会い。

碧は、彼女が立ちあげた謎の部活の、初めての参加者だった。

＊

「あ、碧！　大丈夫なの？」

「心配かけてすまん。もう落ち着いた」

「よかった」

そう言って、玉華はようやく笑顔になった。なんとなくばつが悪かったが、碧は顔に出さぬよう、後ろ手に戸を閉めると落ち着いたそぶりで最前列の席に着いた。空き教室にはすでに、刹那と正義もそろっていた。

(長い一日だ)

窓の外をチラリと見やって、碧は思った。夕暮れ時に近づき、黄色っぽい陽射しが世界を淡く染めている。運動部はまだグラウンドで活動中だが、間もなく撤収するだろう。吹奏楽部の音はすでに聞こえない。

教卓に陣取る玉華に対し、ほかの三人は生徒用の椅子に腰かけている。碧は机上に目をやった。そこには先ほど、碧にひどい目まいを覚えさせた原因——すぐに帰還して保健室に行かねばならないようにした原因が置かれている。一枚のビラ。「民衆よ、怒れ！」。暴動の呼びかけ。

「碧さんが休んでいる間に、状況をまとめました。簡単に説明しますね」

正義が立ち上がった。その手には同じビラと、新聞がある。心臓がギュッと縮むような気がしたが、碧はこらえた。

(落ち着け、ただのビラだ)

深く息を吸い、心を鎮める。

(ビラなんて、これまで何回もばらまかれてきたじゃないか。暴動が起こるとは限らない。何もなかったことの方が多いんだ)

「帰り道でも少し話しましたが……最新の夕刊によれば、妖星デルタに関して新しいことが分かったそうです」

碧の苦悶《くもん》には気付かぬ様子で、正義がそう切り出した。ほかの三人にも見えるように、新聞を広げて持つ。一面の見出しが、嫌でも目に入ってくる。

「信頼できるかは……正直、分かりません。ただ、国際宇宙局がこう発表したのは確実なようです」

正義はいったん言葉を切った。室内のすべての視線は、自然と、正義が持つ新聞の一面へと吸い寄せられる。その特別大きな見出しへと集中する。

そこにはたしかに、記されていた。

「デルタ　衝突せず」と。

「妖星デルタは衝突するのではなく、地球を『かすめる』だけだと。国際宇宙局はそう言っています」

正義の声には、いつもより力がこもっていた。

政府曰《いわ》く——国際宇宙局が最新の観測に基づき、太陽への接近による妖星デルタ上の氷の融解、蒸発、それに伴う形状の変化を計算し直したところ、デルタの軌道予測が修正されたというのだ。加えて、各国政府が主導して世界中で建設中のシェルターならば、デルタが地球を『かすめる』際の被害を、やりすごせる可能性があるという。

それが〝本当だとしたら〟大変なことだ。これまでの二年間、人々が信じ込んでいた前提がまとめて粉微塵になる。滅亡するはずだった地球は滅亡せず、絶滅するはずだった人類は絶滅せず、潰《つい》えるはずだった希望は潰えず、終わるはずだった何もかもが終わらず存続する。戦場の兵士たちは武器を放り捨て、新興宗教の教祖たちは夜逃げし、全財産を蕩尽して遊び歩いていた者たちは青ざめる。世界中が、地獄に垂らされた蜘蛛の糸たるシェルターを、急ピッチで仕上げるために一致団結するだろう。

そう、〝本当だとしたら〟。

「……怪しいね。私たちの完璧な観測データとも一致しないし」

「俺たちのは完璧な観測ミスだろ」

碧は、これまでの天体観測のことを思い出しつつ、そう言った。高性能な機械は使わず、観測は基本的に望遠鏡一つで行ってきた。光の速さを測ったときなど、測定値と実際の速さが秒速三万キロもずれていたのだ。滅地部による測定の精度など、国際宇宙局のそれとは比べるべくもない。

しかし。

「それにしても都合が良すぎる」

「怪しい」という点に関しては、碧は玉華に同意した。デルタが地球に〝確実に〟衝突すること――その情報があの日、世界暴動の引き金になったのだ。

(それなのに、全部間違いだったってか？　みんな間違いで死んだって？)

碧は首を横に振った。正義がうつむき、新聞を机に置く。

「やっぱり、デマなんでしょうか……。このビラに書いてある通りに……？」

「いや……」

碧は努めて、冷静になろうとする。慎重に言葉を選んだ。

「まだ……何とも言えないな。ビラを鵜呑みにするのも危険だ」

「ビラだけだったらね」

一方で玉華は、自分の手元の新聞を何紙か取り、はっきりと言う。碧が先延ばしにしようとした物事を、どんどん前に進めてしまう。

「こっちの違法新聞にも、同じ内容が書いてある。軌道予測の修正は嘘っぱち。シェルターは国民を守るためのものじゃなくて、閉じ込めておくための監獄で棺桶だ、って」

「二度と暴動が起こらないように、か……。頭が痛くなってくるな」

実際、碧はひどい頭痛を感じていた。チラリと刹那を見やると、彼女は先ほどから押し黙って、何か考え事をしている。物理班長としての見解を聞きたかったが、今はやめておいた方がいいかもしれない。

(つまりこのビラは……「デルタが実は衝突しない」ってのはデマだと言いたいわけだ。不穏分子をみんなシェルターに押し込めて、衝突の日まで暴動が起こらないようにするのが政府の狙いだと)

こんな内容が発表されて、動揺しない者はいないだろう。動揺は連携の乱れを生む。自然発生的な暴動ならともかく、政府打倒を目指す反乱の場合、連携の乱れは致命的だ。

この発表は、どう転んでも政府にとって損にならない。

ゆえに、対抗するようにこのビラが刷られたわけだ。どこから来たものなのかは分からない。正義が新聞売りに尋ねても、ビラについては何も知らなかった。あの初老の男は、ただ頼まれたからビラを店に置いていただけのようだ。

しかしながら。

「……忘れちゃいけないことだが……違法新聞がデマを流すことも多い」

碧は、机の上のビラを見つめながら、言った。ようやく直視できるようになってきた。

「反政府側が、国際宇宙局の発表を利用してる、って可能性もある」

「そっか。じゃあ今は、どっちが正しいかは分からないね」手にした新聞で、玉華は顔をあおぐ。「残念だけど、とりあえず保留かな」

「それがよさそうだ」

碧は頷いてから、玉華に自分の下敷きを渡してやった。彼女は貴重な新聞を団扇《うちわ》にするのをやめ、下敷きを代わりとする。

「じゃあこの話はいったん終わりってことで。異議なし？」

「はい」

「ああ、異議なし」

「では、次の議題は山小屋カメラのことです」

ややわざとらしく大きな声を出し、玉華は話題を変えた。

「堤物理班長、お願い」

玉華が教卓から、窓際の席にいる刹那を指名した。が、どうしたことか、彼女は最初、反応を示さなかった。物理班長は、机の上のビラをじっと見つめている。いや、にらんでいると言ってもよかった。

「もしもし、堤物理班長？　堤刹那ぶつりはーんちょう？」

「……え？」

「寝てた？」

「い、いえ、起きてます」

「山小屋カメラ、もう使えるの？」

「あ、はいっ」

刹那は慌てた様子で眼鏡のズレをなおし、ノートをめくる。

（珍しいな）

碧はかすかに、違和感を覚えた。しかし、何かあったのかと考えているうちに、彼女はすぐに元の調子を取り戻す。ノートを片手に、立ち上がる。

「印画紙の枚数は、あれで足りるはずです。碧先輩と正義さん、ありがとうございます」

「そっか。じゃあ、さっそく撮影しようよ」

「いえ、まずは少ない枚数を実験に使います。カメラが問題なく機能すると分かったら、本番の撮影に入りましょう」

「うん。楽しみ」

玉華は黒板に「実験↓本番」と書き込んだ。窓から射し込む夕陽を受けて、黒板のそばを舞う粉がオレンジ色に染まりはじめていた。

(気のせいだったか……？)

碧は、刹那を横目で観察しながら、そんなふうに思った。刹那といえども、ぼんやりすることくらいあるだろう。いや、本当にそうか？　刹那が何よりも大事にしている、部活の会議中に？

「次は、天堂生物班長」

「ん？　ああ、俺の番か」

碧はそこで、思考を中断せざるを得なかった。刹那が座るのを待ってから、入れ替わるように立ち上がる。彼は手帳を開いた。

「ええと、蛍の観察の日程はだいたい決まった。ただ、青いライトがないんだ。誰か持ってないか？」

「青いライト……。うちにはなさそうだよ」

「なかったら、何か別のものを用意しないといけない。代用できるとしたら……」

碧は手帳のメモを見ながら、考えを述べていく。玉華が楽しみにしている、蛍の観察会の準備のために。

碧にとっても特別なイベントだ。未来に少しずつ目を向け、こういう小さな〝楽しみ〟から味わっていこうと考える自分と、未来に横たわる確実な〝死〟を忌避する自分とが、胸の中でせめぎ合う。

落ち着け。とにかく今は、仕事に専念することだ。

観察に最も適した時期はいつか。最も美しく見えるのはどこか。当日はどんな恰好をしていくべきか。そのようなことを順に述べていく。

しゃべっているうちに、刹那に対して抱いた違和感は忘れてしまった。

……だが。

「碧先輩」

部活も終わり、解散となったとき。碧は空き教室を出ようとしたところで呼び止められた。

振り向くと、白衣のポケットに手を突っ込んだ刹那。彼女のおさげを夕焼けが橙《だいだい》色に染めている。

「ん？　どうした？」

「どう思いますか。国際宇宙局の発表」

碧はたじろいだ。玉華が「保留」にすると言った、情報の真偽。いや、本当は「保留」になどできることではないのだ。碧もそれは理解している。玉華も多分、理解している。

これは、全人類にとって最も重要な問題だ。

「本当に……本当に、デルタは地球を『かすめる』だけだと思いますか？」

「分からん」碧はただ、正直に答えた。「そういう刹那はどうなんだ」

「私は……調べてみます」

「個人で調べて、本当か嘘か分かるものなのか？」

「いえ……。でも、できる範囲で」

刹那は静かに、しかし断固として言った。「できる範囲っつっても……」と言いかけて、碧は口をつぐんだ。それ以上は何も訊かなかった。訊けなかった。

もし、国際宇宙局が公表した新データが正しく、本当にデルタは地球を「かすめる」だけならば。つまり、待っているのは惑星の完全崩壊ではなく、大規模な天変地異だけであり、シェルターに避難した人間の何パーセントかが助かるならば。碧たちの今後の方針も大きく変わってくるだろう。

刹那はおそらく、期待している。

碧も心の隅っこで、期待している。

死なずに済むかもしれない、と。三か月後もこのメンバーで、また玉華の思いつきに従って活動しているかもしれない、と。「部活の名前を変えないといけない」なんて、幸せな悩みを抱いているかもしれない、と。奇跡を願って望遠鏡を覗くような現実逃避とは違う、たしかな可能性。

「玉華先輩には、まだ言わないでください。中途半端に希望を持たせてがっかりさせたくないので」

「……分かった」

碧がそう答えたのと、廊下から玉華の呼ぶ声が聞こえたのは同時だった。碧は何か言おうとして、結局うまい言葉を思いつかなかった。彼は「また明日な」とだけ言い置き、刹那を空き教室に残して歩き出した。

5章

勉強しよう！　終末史

ピアノのレッスンでは怒られてばかりだった。いくら弾いてもうまくならず、両親が期待したような音楽の才能を開花させることはできなかった。

——理系なら医学部、文系なら法学部に行きなさい。

小松玉華はピアノをやめさせられ、塾に入れられた。塾の課題は提出する前に、たびたび父にチェックされたが、間違いがあると罵《ののし》られた。

——まだ学校で習っていない？　言い訳をするな、言い訳を。

——高い金を払って通わせているのに、これはどういうことだ。

——もしこの程度のことが分からないなら、お前はうちの子ではないな。

誤答は彼女の目の前で、父の手によって消しゴムで消された。彼女にはそれが耐え難い苦痛だったが、口に出すことはできなかった。

母は、父のいない場所では優しいこともたまにあったが、父がいるときは常に父の味方だった。父は、玉華が思い通りに育たないことが不満らしく、いつも機嫌が悪かった。

——育て方を間違ったか。

そんなひと言を、ドア越しに耳にしたこともある。玉華は枕に顔をうずめて泣いた。

玉華は父に言われるままに、都市部にある私立中学をいくつか受験したが、ダメだった。

結局、地元の公立中学に進学。父が昔やっていたというバレーボールを始めてみたが、チームの足を引っ張ってばかり。最初は応援してくれていた父母も、引退試合は見にこなかった。うまくいったことなんて一度もない。だからこそ高校に入って、部活を作って、うまくいく人たちと一緒にいるのは新鮮で、楽しかった。自分にはできないことができる、才ある仲間たち。自分も何かを成し遂げているような気分になれた。

ただ。

部長として、次の活動方針を発表するときは、今でもまだ緊張する。内容は「ただの思いつき」ということにしてあるが……実際は違う。山小屋カメラも、終末史も。事前に何日も何日も、必死で知恵を絞った結果だ。いったいどうすれば、宇宙で一番楽しい部活になるか。みんなで笑って死に向かって歩めるか。玉華は常に考えている。

そして。考え抜いた活動方針が、「面白そう」と言ってもらえたとき。いつだって、玉華の胸はいっぱいになる。

「やっほー、楊貴妃もびっくりの美女が来たよ」

玄関ドアを叩いて、玉華は声をかける。数秒の静寂の後、足音、そして複数の鍵を開けてチェーンをはずす音が続く。

ドアの向こうの暗がりから、碧が顔を出した。

「よっ、なんか用か」

「ううん、たまたま近く通ったから」

「そうか。ちょうどよかった」意外そうな顔もせずに、碧は言った。「実は、飯を作りすぎちまったんだ」

「それはラッキー」

玉華は微笑むと、遠慮なく、碧の招きに応じて敷居を跨《また》いだ。碧が三つの鍵をかけ、さらにチェーンをかけている間に、慣れた足取りで廊下を行く。

玉華は毎週水曜日、偶然にも碧の家を訪問する。するといつも、彼は偶然にも料理を作りすぎてしまっているから、自然な成り行きとして一緒に食事をすることとなる。すべては偶然だ。

いつもと違うことは、今日は刹那がいないということ。ランプの灯りのみで照らされたテーブルには、三人分の皿が並んでいた。ほぼすべての窓には内側から板が打ち付けられており、空気を入れ替える機能を喪失する代わりに、空き巣や強盗の侵入を禁じている。大袈裟で、滑稽に見えるかもしれない。けれども、玉華は決して笑ったりしない。

両親を失って以来、二年間、碧は一人でこの家を守ってきた。

「堤物理班長は忙しいみたい」

「ああ……何か調べてるらしいな」

手を洗って（幸い、水はまだ出るようだ）、二人は食卓についた。湯気を立てている卵雑炊の香りを、玉華はゆっくり吸い込んだ。醬油と卵の絡まり合った匂いが、鼻孔をくすぐる。

「いただきます」

息を吹きかけて冷ましつつ、玉華は匙《さじ》を口に運んだ。米と汁が舌の上で溶け合う。玉華が顔をほころばすと、碧は満足げに頷き、サバの缶詰を開けた（部費ではなく、碧が個人的に買ったものだ）。

「お米だけはたくさん手に入るから、いいよね」

「いや、来週からは配給減るってさ」

「えっ、そんな連絡来た？」

「来てたぞ。昨日か一昨日」

「ホントに？」

碧は雑炊を二口食べると、テーブル横の棚に手を伸ばし、積み上げてある紙類をあさった。郵便物のほかに、雑に折られた新聞紙もあった。両親の死を思い出すからと、碧はこの二年間、新聞を読まなかったわけだが……。正義の入部以来、また少しずつ手に取るようになってきている。歴史をまとめるため、というだけの理由ではないだろう。碧がいい方向に変わってくれるならいいのだが……。あのビラを見たあとの碧の苦しげな表情が脳裏をよぎり、胸に鈍い痛みを感じた。

やがて、碧は大量の紙類の中から封筒の束を引っ張り出した。そのうちの一通を、テーブルの上に放る。

「ほら、これだ。配給量の変更について」

「読んでなかった」

「ったく……」

碧は笑った。玉華も笑った。そして、彼の手の中にある別の手紙に目をとめる。町の防災計画課からの手紙で、そちらは、玉華も中身を知っている。シェルターへの避難。来月末から順次開始。

通知されたのはおおまかな予定のみだが、それだけでも、あまり楽しくないパック旅行になりそうだということは分かった。玉華たちはバスに乗せられ、山中に築かれた大型シェルターに収容される。三市一町の住民全員が、〝快適に過ごせる〟だけのスペースがあるそうだ。素晴らしいことだと思う。ただ、もう少し真実味のある嘘を吐いてほしかった。

せめて、牢獄よりはマシな環境であってほしいと、玉華は切に願っている。

（それって、贅沢なことかな？）

碧が封筒の束を元に戻すと、玉華はまた匙を動かした。さっきほどには、おいしく感じられなかった。

この日々に終わりが近づいている。

シェルターに入ったあとも、私たちはこうして一緒に食事ができるのだろうか。政府の発表が正しく、デルタが地球をかすめるだけだった場合、滅地部は四人とも生き残れるだろうか。生と死の分かれ目。いや、真に恐ろしいのは死そのものではない。

（もし、満足な死に方ができなかったら？　もし、私だけ生き残ったら？）

碧たちが死に、無力な自分だけが助かる可能性。

それが何より、恐ろしい。

「もう一皿は、二人で分けよう」

「……うん、ありがとう」

玉華は、嫌な考えを頭から追い出し、サバを箸でとった。

「今度は、正義君ともご飯食べたいね」

「蛍観察のとき、また弁当を持っていこう」

「楽しみだね。それから歴史調査も」

「もちろんだ」碧は余った皿の雑炊のうち、半分を自分の皿へうつした。「郷土資料館にも行こう。まだ人がいるかは分からないけどな」

「調べた歴史、そこに収めたいよね」

「ああ」

碧は半杯分の雑炊を差し出した。玉華は受け取り、食べはじめる。すでに少し冷めていた。静かな夜だ。地球を滅ぼす妖星が近づいていることなど、信じられないような平穏。二人はしばらく黙々と食べ、少し話し、また黙った。

「ねぇ」皿を片付け終えて腰を下ろし、ランプの灯を眺めている碧に、玉華はポツリと言った。「私と碧、どっちかが先に死んだら、どうしよっか」

「……それを防ぐのが俺の仕事だ」

「もしもの話だよ」

「万が一に備えて、食糧の隠し場所は教えてあるだろ？」

「もう、そういう話じゃなくて……」

「雑炊はどうだ。口に合ったか？」

「……うん」

「帰りは送って行こう」

碧はそう言って立ち上がった。が、玄関へ歩き出しかけたところで足を止める。

「待った。護身用に何か持ってくる」

碧は玉華の返事も聞かずに、二階へと駆け上がっていった。玉華はテーブルに手をつき、室内をぼんやりと見回す。キッチンは、携帯ガスコンロの上に鍋が置かれたままになっているほかは、きれいに片付けられていた。ランプの灯を浴びて、テーブルの上のコップが長い影を伸ばしている。棚では重なり合った郵便物や新聞紙が、崩れかかった墓石のようなシルエットを晒《さら》している。

壁には、碧と彼の両親の写真が貼ってあった。夏、森の中の川辺で撮られた一枚。三人とも笑って写っている。玉華の知る〝親子〟――支配しようとする親、苦しみもがく子――とはかけ離れた写真。

毎週水曜日。二年前までは、碧の作った料理を家族全員で囲む日だったという。幸福の痕跡。

そして。碧が両親と死に別れた日に、玉華は碧と出会った。

＊

「では、これより終末史調査を開始します」

長机に両手をついて、玉華は楽しげに言った。図書館の奥の閲覧スペース――滅地部の四人は、一番大きな机を占拠していた。やはり電灯は消えたままで、館内は薄暗いのだが、代わりに、玉華がランプを家から持ってきている。

紙の匂いに満たされた館内は、とても静かで、彼らの声以外には何も聞こえない。

「やり方は、私と正義君とで考えてきたから」

「いや、僕はほとんど何も……」

「とにかく、これを見て」

玉華は机の上に細長い紙を広げた。それは、A4のコピー用紙をテープで横並びにつなげていったもので、すべての紙を横断する形で、ボールペンで直線が引かれている。直線によって、紙は三段に分けられていた。

「一番上が日付で、二段目に出来事の名前、三段目はメモ欄だよ」

「だよ、って言われてもな。つまり、これは何なんだ？」

「年表です」

説明不足の玉華に代わって、正義が補足してくれた。

「つまり、僕たちみんなで、この空白を埋める作業をするわけです」

正義は鉛筆を四本、消しゴムを四個、机に並べた。その間に、玉華はA4用紙の連なりをもう一組取り出し、先の一組に重ならないように広げる。長机の端から端まで届くそれらには、よく見ると右端に何か文字が記されている。

一方は「世界史年表」。

他方は「郷土史年表」。

(四人で手分けして、年表を作るわけか)

残された時間があまりない彼らにとって、歴史をまとめるにしても、なるべく効率的な方法が不可欠だ。が、四人がバラバラに調べて、それをレポートにまとめたり発表したりするのでは、どうしても手間がかかっていけない。年表をこの場で作ってしまうことで、「調べる」と「まとめる」を同時にやってしまおうというわけだ。

碧は顔を上げて、あらためて図書館の中を見回した。いくつもの棚が影を作る薄暗い館内には、本を探し歩く利用客が数人いるものの、読書に没頭する者は誰もいない。もちろん、休日の図書館がガラガラに空いているなどということはあり得ない。かといって、人間が残らず書物の魔物に食われたわけでもない。高校の図書室と同じだ。みな、明るい中庭に出て本を読んでいるのである。

疑似的な貸し切り状態。多少騒がしくしても問題なかろう。

四人はその後、図書館員に声をかけて新聞保管庫に入れてもらい、三か月分の新聞を台車に載せて戻ってきた。事前に買い込んでおいた新聞と照らし合わせて、信頼できそうだと判断した三種類である。一番古いものは、二年前の六月六日――世界暴動当日。朝刊には、国際宇宙局による衝撃的記者会見についての第一報が、すでに掲載されていた。

「じゃ、さっそくはじめよう」

机に新聞を山積みにすると、玉華が言った。しかし、碧と刹那は顔を見合わせ、それから白紙の年表と新聞紙とを交互に眺める。

「はじめるのはいいが、誰がどれを読めばいいんだ？」

「特に決めてないよ」

「じゃあ、先輩。年表への書き込み方は？　ここに書いたり、書かなかったりする基準はあるんですか？」

「それも決めてない。フィーリングでお願い」

玉華は堂々と無責任なことを言う。碧はあきれて、横目で正義を見る。正義は数秒間「う〜ん」となってから、やがて口を開いた。

「とりあえず……ですが。これは下書きなので、歴史として書き残したいものはなんでも書く、というのはどうでしょう。あとで削ることはできるので」

「そう、それ。私もそういうことを言いたかったの」

すかさず、玉華が便乗した。言いたいことはいくつかあったが、作業がはじまらなくなっては困るので、グッと呑み込む。碧は鉛筆を手に取ると、新聞の山の一番上……ではなく、少し下から自分の分を引っ張り出した。世界暴動当日の記事には、なるべく触れたくなかったから。

「まあ、最初は探り探りやってみるか」

「そうですね」

刹那も、碧と同じように鉛筆と新聞を手にする。刹那は先日の会議のあと、どうも様子がおかしかったが、今日は普段と変わらないように見えた（服装もいつもの白衣である）。彼女に続いて、玉華と正義も作業にかかる。

滅亡地球学クラブの歴史調査は、かくのごとくスタートしたわけである。

四人は長机の片側に二人、反対側に二人というように座り、それぞれの新聞を広げ、読みはじめた。長机は窓からかなり離れていたが、玉華が持参したランプのおかげで、文字が読みにくくて困る、ということはなかった。また、外は五月下旬にもかかわらず暑いくらいだったが、太陽の暴力とは無縁の館内は比較的涼しく、作業がしやすい。

碧が最初に手にしたのは、六月十四日の地方紙である。世界暴動から一週間が経過し、混乱は収束するどころか悪化の一途をたどっている。この前日に熊田原町でも隣の市を巻き込んだデモがあったが、幸い、暴力的な事件に発展することはなかった。

(六月十三日。平和的なデモ。参加者は推定五百人……。デルタに関する捏造の真相究明、および隠蔽されたままのデータの開示を要求)

碧はまっさらな年表に、最初の事件を記入する。もっとも、この時期には似たようなデモが世界各地で起きており、個別に書き記しておくべきなのかどうかは分からなかったが……。あとで削れるというのだから、とにかく全部書いておけばいい。碧は鉛筆を置いて、また次の記事を読みはじめた。

「あ、みなさん。念のため、どの新聞から引用したかを書いておいてください」

「……玉華、六月六日と二十日の間は、少し間をあけておいてくれ」

「ごめんごめん。……あれ、二十一日の新聞、誰か読んでる?」

「はい、僕です」

「玉華先輩、そっちは世界史の方ですよ」

「間違えちゃった。消しゴムある?」

「ほらよ。……あ、玉華。耳に鉛筆を挟むな。危ないだろう」

図書館で勉強する中高生にあるまじき騒ぎ方をしながら、四人は年表を少しずつ、少しずつ埋めていった。作業が最も速かったのは正義だ。彼は滅地部で唯一、普段から新聞をきちんと読んでいる文明人だから、効率よく記事を読み、効率よく年表の空白を埋めていった。先輩である三人の野蛮人はヒィヒィ言いながらついていく。

油田をめぐる戦争の勃発。物価高騰。本格的な内戦開始。インターネットの断絶。世界暴動後の最初の数か月だけでもさまざまなことがあった。三か月分が終わったら、次の三か月へ。それが終わったら、次へ。

四人は昼食（弁当は碧が作ってきた）を挟んで、夕方までかけて九か月分の仮年表を仕上げた。とりあえず、いったんは作業終了である。

「もう目が痛い……頭が熱い……」

慣れない文明的行為のせいか、玉華は力尽き、長机に突っ伏している。ただ、苦しんでいるだけではないらしい。むしろ、充実しているように見えた。

外では夕立が降りはじめたため、中庭で読書していた人たちがみな館内に戻ってきた。彼らは少ないランプの周りに集まって読書を再開する。机を囲んで密集しているわけだが、当然、会話はない。面識もあるまい。彼らの視線は本にのみ注がれている。この図書館を出たら、きっと目の前にどんな人物が座っていたか、思い出すこともできなくなるだろう。不可思議な一期一会。

「みなさん、お疲れさまでした」

周りを気にしつつ、正義が小声で言った。

「ひとまず、一区切りとしましょう」

それを聞いて、碧と刹那も椅子の背もたれに体を預けた。碧は、暗い天井に顔を向け、大きなあくびを一つする。頭の奥がじーんとしびれているような感覚。目に疲労がたまっており、遠くの物に焦点を合わせられるようになるまで、しばらくかかった。

「この年表はあくまでも仮のものです。次は複数の新聞をまたいで分析して……デマと思《おぼ》しき記事を年表から削除していきましょう。そうすれば洗練されて、信頼のできる年表になるはずです」

「なるほどな。……ただ、それは別の日にしないか」

「そうだね。もう日も暮れるし」

玉華が顔を上げてそう言った。碧はホッと息を吐く。さすがに今日は、頭も目も限界だった。

「いい感じに疲れたね。こういうときは、家に帰って早く寝るのが一番。最高の死に方を求めるなら、最高の睡眠をとっておかなきゃダメだからね。多分」

「玉華先輩、さすがの判断力です」

「もちろん。続きは今度にしましょう」

ひそひそと、ひそひそと。ランプの灯りに照らされながら、彼らは話した。長机の上には二組の年表。四種類の筆跡で乱雑に書き込まれたそれらに、碧は視線を落とす。郷土史の方はちょうど九か月分であり、白紙の部分が少し余っていた。世界史の方も同じ九か月分ではあるが、こちらに余白はほとんどない。世界暴動以前の出来事も少しばかり書き込んだからだ。

歴史は連続している。世界暴動前については、おおむね、以下のような内容である。

【八年前〜二年前（世界暴動まで）】

国際宇宙局は、かねてから太陽系への侵入、地球の公転軌道との交差が懸念されていた天体を、「妖星デルタ」と命名することを発表。同時に、ネット上でさまざまな憶測が飛び交っていることにも触れ、その中で「接近」の予測が正しいと断言。「接近」に伴う天変地異に備えることを世界中に呼びかけた。具体的には、デルタが引き連れている小規模衛星群の一部が地球に引き寄せられ、落下する可能性である。〝小規模〟といえども、かつて恐竜を絶滅させたときのような大災害が発生する可能性がある。

世界中を恐慌の第一波が襲った。犯罪率は増加し、物価は高騰。主要国が共同で推し進めている火星ロケット計画は、実は地球を脱出するためのものであるという噂が語られはじめたのも、この頃である。

日本などの主要国の政府は、個人シェルターの設置を推奨。しかし、それを実行できるのは当然、富裕層のみであった。雀の涙ほどの補助金も出されたが、効果があったとは言いがたい。また、個人シェルターの建設現場が襲撃される事件が、世界各国で起こった。

デモなどを含む大きな批判を浴びた日本政府は、公的シェルター建設を決定。建設費にあてるために無茶な大増税が行われたり、予算の多くが中間搾取されたり、現場での超ブラック労働が問題になったりしたものの、建設自体は驚くほどスピーディに進み、シェルターは六年の間に予定の七割程度完成する。

しかし、「接近」ではなく「衝突」するのではないかという疑念は、多くの学者が抱くところであった。国際宇宙局はたびたび、これを「根拠のないデマ」であると否定。しかし噂は根強く、デルタによる審判（あるいは救済）について謳《うた》う新興宗教や、似非《えせ》科学に基づく「天変地異対策」の団体が乱立。宗教の場合は「修行場」や「約束の地」、似非科学の場合は「安全地帯」において共同生活をする例も珍しくなかった。

＊

彼らはその後何度も図書館に集まり、朝から作業に没頭した。年表づくりに加えて、新聞を読み比べ、デマと思しきものを削除していく果てしない作業も行っていく。もちろん、本物の歴史学者に見せたら、検証が甘いと言われてしまうところだろうが……。彼らは誠心誠意、情報の海と向き合った。年表の下書きは、一応の完成をみた。

ハードな作業が続いたため、数日間は本格的な活動は休みとなった。普通に登校し、普通に授業を受ける。クラスの人数は、ここひと月くらいの間はあまり変化ない。事ここに至ってまだ授業を受けるような連中は、きっと、死ぬ寸前まで登校し続ける物好きたちだろうと、碧は思う。

滅地部の面々は授業が終わると、ウサギの世話と菜園の手入れをし、その後は空き教室でのんびり過ごした。碧の作ったおにぎりを食べたり、買ってきた新聞を読み比べながら雑談したり、夏休みの研究旅行について、行きたい場所を思いつくままに挙げてみたり。ゆるやかに時が過ぎていく。穏やかな日々のうちに五月は終わり、六月になった。

快晴のある日、四人は授業が終わると、そろって山へと向かった。一つは、「山小屋カメラ」で実際に撮影をするため。電器屋の廃墟で見つけた印画紙を少量使って行った実験は、幸いにもうまくいったので、今回は本番である。物理班長・刹那が主導することになっており、印画紙二百四十枚を使用する予定だ。

もう一つは、蛍の観察会のため。

碧にとって……そして玉華にとっても、特別なイベント。

（一つひとつ、終わっていくんだな……）

ほかの三人とともに山道を歩きながら、碧は思った。

（早いとこ見つけなきゃな。俺のやりたいこと、なりたい自分……）

前を向く自分。しかし同時に、目を背けようとする自分もいた。

ずっとずっと、四人で部活がやれたら、どんなにいいだろう。

ずっとずっと、玉華のワガママに振り回されていられたら、どんなにいいだろう。

だけど、そういうわけにもいかないのだと、碧はあらためて思い知らされることになる。

世界に突き放され、自分が地面に這いつくばる無力な存在なのだと、思い知らされることになる。

何よりも大切な……蛍の観察会の、その直後に。

6章

滅亡ロマンティシズム

【二年前（世界暴動以後）】

日本時間六月六日午前0時——国際宇宙局が記者会見を行い、妖星デルタが約二十六か月後に地球に衝突することをついに認めた。もともとこの六年間、計算結果に対する疑問の声は世界各地の学者から上がっていた。主要国政府はマスメディアを通して、国際宇宙局のみが知る極秘データがあると言い張ることで、疑問の声を封殺するために涙ぐましい努力を続けてきたわけだが……それをすべてひっくり返した形である。

記者会見以前にも、散発的なデモは世界中で起こっていたが、会見後のデモは規模が違った。デモの規模とは、すなわち人々の怒りの大きさである。会見では、国際宇宙局は情報操作の事実を認めようとしなかった（あくまでも、軌道予測が「修正された」と言い張った）が、すでに誰もが気付いていたのだ。世界は六年間、欺《あざむ》かれていたのだと。

会見終了からおよそ一時間——フランス・パリではじまった大規模デモはネット配信され、これまで不安と不満を抱いていた者たちが一斉に呼応。フランス全土を覆い尽くす暴動へと発展、勢いは衰えることを知らず、瞬く間に諸外国へと波及していった。攻撃対象は主に政府機関だったが、隠蔽に協力したマスコミが襲撃される例もあった（日本をはじめとした多くの国では、暴露以前、大手マスコミはことごとく政府に協力し、「衝突説」を否定することに躍起になってきた）。

これに対し、各国当局は「危険因子」を一斉に検挙。その中には暴徒のみならず、平和的なデモに参加しただけの者も含まれていた。また、大量の税金を投入して進められてきたシェルター計画が、諸国民を騙《だま》し続けるための壮大な茶番であったことが知れ渡り、人々の怒りは再び爆発。多くの国で、暴動は一過性のもので終わらずに、泥沼の内戦へと変質していった。

※注　いわゆる「世界暴動」は、パリからはじまった暴動が二十四時間のうちに全世界へと飛び火した事件を言い、公的な調査機関は「すべて自然発生的な暴動だった」という結論を下した。ただ、国際宇宙局の発表がいかに衝撃的だったとはいえ、自然発生にしては展開が早すぎると、当初から疑問も提示されていた。真相については諸説あり、最も有力視されているのが、「国際宇宙局の発表内容を事前に知った者たちが、あらかじめ世界中に散らばって暴動の準備を組織的に進めており、当日も積極的に民衆を煽動《せんどう》した」という〝秘密結社説〟である。怪しげな陰謀論ではあるが、今のところ、これ以上に説得力のある仮説は存在していない。

「フランス革命とも、ロシア革命とも、アラブの春とも違います。地球滅亡を予告されたことによる全世界一斉蜂起……前例がありません」

＊

「まあ、地球は一個しかないしね」

「そうなんです。調べるほどに面白くなっていきます」

巻き尺で距離を計測しながらも、正義は興奮気味にしゃべり続けていた。碧は話を聞きつつ、木の枝を使って地面に印をつける。玉華はしゃがみ込んで、地面の上に真っすぐ伸びた巻き尺を手で押さえている。

「そこで、ホッブズを参考にしてみたわけです」

「ホッブズ……何だっけ？」

「『リヴァイアサン』の著者です。『万人の万人に対する闘争』で有名な」

「あーあー、うん、なるほどね」

玉華は、全然分かっていない様子である。もちろん、碧も。

碧は地面から顔を上げ、山小屋を見た。藪に囲まれた小さな草っ原に建っている、滅地部の尽力により少しばかり個性的な機能を獲得した山小屋。その玄関ドアは今、暗幕で覆われており、出入りするときに光が内側に入らないように工夫されている。巻き尺はその暗幕から、山小屋に対して垂直に伸びてきている。

刹那が出てくる気配は、今のところない。が、彼女から指示されていた作業はひと通り終わった。碧は木の枝を地面に放り捨てた。

「正義。もう少し嚙み砕いてくれるか」

「あ、はい。えぇと……ホッブズは、政治国家ができる前の人間たちは『自然状態』にあると述べています」

正義は巻き尺を巻き取りながら顔を上げ、ジャージの袖で汗をぬぐった。

「世界は今まさに、この状態に近づいているんじゃないかと思うんです」

正義の説明によると、デルタが接近したことでさまざまな地域で国家が崩壊、自分の身を自分で守ることが必要になったという。自衛のためならすべてが正当化される……いや、それどころか「不正」という概念さえもない。まさに、ホッブズが述べた「自然状態」と同じである、というわけだ。法律と警察がないなら、頼れるのは己の力のみ。

そこまで一気に説明すると、正義は言葉を詰まらせた。巻き尺をしまう代わりに、こそこそと鞄からノートを引っ張り出し、盗み見る。

（相変わらずだな）

碧は苦笑した。光彩の兄であると、胸を張って言えるような自分になりたい――その目標のために、彼は今日も背伸びをしている。そして同時に、背伸びした分が本当の背丈になるように、努力している。

「えぇと……ああ、そうです。重要なのは今後のことで。最も恐ろしいのは次の暴動で政府が倒れ、日本が完全な自然状態に陥ることでしょう。そうなれば、待っているのは弱肉強食の世です。最悪の事態にも備えておかないと」

「今よりひどい状態になるってことか」

たしかに、今はまだ日本政府がかろうじて機能しているから、食糧の配給はあるし、警察も仕事をしている。それさえなくなったら、本当に原始時代へと逆戻り――猿の社会と変わらぬ無法の世が到来する。

碧は、二年前の世界暴動のことを思い出した。

多くの人は、五年後、十年後、あるいはもっと先をも見据えて人生設計を行うものである。受験のために勉強し、出世のために嫌な上司に頭を下げ、老後のために貯蓄する。未来のために今は――今だけは我慢する。そうやって歯を食いしばってやってきた人たちにとって、

「世界は二十六か月後に滅びます。あなたの人生設計は無意味で、あなたの努力は無駄でし

た。私たちはそれをずっと前から知っていましたが、隠していました。ごめんなさい」という話は、とうてい許せるものではなかった。民衆の怒りは爆発した。全国で起こった暴動のうち、いくつが煽動されたもので、いくつが自然発生だったのか、そんなことは調べようがないが……いずれにせよ、燎原の火は一気に全国を覆いつくし、警察や自衛隊だけでは消し止めることができなかった。むしろ、警察や自衛隊の一部も暴動に加わった。

しかし、今回はどうだろうか。

仮に、国際宇宙局の発表が嘘だとして。デルタは地球を「かすめる」のではなく、やはり衝突するのだとして。ビラの呼びかけに応じる者たちに、はたして、世界暴動のときのような爆発力があるだろうか。

多くの人は今、ゆっくりと死を受け入れようとしている。不意討ちのような形で「死まで二十六か月」と告げられたあのときと、みなが覚悟を決めはじめている今とでは、状況が違うのではないだろうか。

（……本当か？）

碧は、胸に手を当てて考える。

（死を受け入れるなんて、そんな簡単にできるものか？）

「……お待たせしました」

そのとき、山小屋の玄関に取りつけた暗幕をめくって、白衣の眼鏡女子がようやく出てきた。碧は思考を中断し、顔を上げる。

「最終確認は終了です。印画紙、きちんと設置されてます」

「ありがとう、刹那。こっちも測っておいたよ」

玉華は、先ほど碧が地面につけた印を指さす。刹那は頷き、言った。

「撮影に入りましょう。そこに並べば、一番きれいに写るはずです」

「分かった。じゃあ、ポーズを決めよう。チャンスは一回だからね」

「ポーズですか。今日の天候の感じだと、五分間、じっとしていることになるので、それを踏まえて決めてくださいね」

「え、そんなに？　じゃあ、片足を上げてこう、とか、体を反《そ》らしてこう、とかは無理かな？」

玉華が刹那と、何やら相談している。ポーズにこだわりはないので、碧と正義は大人しく待っていた。

「では」

結局、シンプルなピースサインに決定すると、刹那は一人、山小屋に歩み寄った。暗幕をめくりあげ、落ちないようにテープで固定する。彼女はシャッター代わりのガムテープに手をやり、こちらを見た。距離にして六メートル。

「ポーズをとってください。……はい、動かないでくださいね。いきます」

刹那はガムテープをはがした。封印されていた針穴があらわになり、太陽光が山小屋内部へと侵入を開始する。それらの光は、碧たちの体やら木やら地面やらにぶつかってから針穴へと飛び込んだものであり……壁に貼られた印画紙に、風景を焼き付けるはずである。五分間かけて、しっかりと。

刹那が急いで駆けてきて、玉華の横に立った。異様な時間だった。四人は身を寄せ合い、山小屋を向いてピースサインしている。五分間、じっとしている。降り注ぐ太陽光が、碧たちや、周囲の草花に降り注ぎ、その一部が針穴を通って山小屋の内側へ向かう。動かずにいると妙に蒸し暑く感じられ、何度も汗を拭きたいと思ったが、我慢した。

「……はい、五分です」

言うが早いか、刹那はポーズを解き、山小屋の玄関へと飛びついた。目にもとまらぬ早業で、もとのようにガムテープを貼り直す。暗幕を下ろす頃には、ほかの三人も肩の力を抜き、額を拭《ぬぐ》っていた。

「終わったの？」

「はい、撮影できたはずです」

「なんか、実感湧かないね。普通のカメラと違って、音とか鳴らないから」

「ピンホールカメラは寡黙な仕事人です。そこがいいんですよ」

その後、四人は山小屋カメラの中へ入った。もちろん、暗幕を一人ずつ慎重にくぐり、内側に太陽光が入らないように注意するのを忘れない。

中は完全な真っ暗闇で、自分の手さえも見えないほどだったが、刹那が乾電池とつながった電気回路のスイッチを入れると、部屋の隅に朱色の弱いライトが点灯した。刹那が言うには、印画紙は光に反応してしまうが、この特別性のライトだけは大丈夫らしい。かろうじて、物の輪郭くらいは見分けられるようになった(ただ、滅地部の四人のシルエットも、みな等しく血をかぶったような色に染まっており、それが若干不気味だった)。

朱色の光の中で、碧は目を凝らす。玄関の反対側の壁一面に、縦二十センチ、横二十五センチくらいの印画紙が、隙間なく貼りつけてあった。

「じゃあ、回収しましょう。左上から順番にいきます」

「順番に、ですか」

「ええ。バラバラになってしまうと、元に戻すのが大変ですから。裏側に番号を書き込んでおきましょう」

刹那はそう説明した。碧たちの目の前にあるのは巨大な一枚の写真のはずだが……現像前の印画紙は、ただの白い厚紙でしかない。何も考えずにはがすことは、素人が自動車を分解するような無鉄砲である。

四人は協力して、壁に両面テープで貼られた印画紙を、一枚一枚、丁寧に回収していった。正義がしっかりと押さえている脚立を足場にして、刹那がはがす。碧が受け取り、番号を書く。最後に玉華が袋に入れる。

はがし、番号を書き、袋に入れる。はがし、番号を書き、袋に入れる。はがし、番号を書き、袋に入れる……。


外はすでに夕方であったが、それでも目がくらんだ。四人は山小屋の玄関を出たところで立ち止まり、太陽のある世界に慣れるのをじっと待った。姿の見えぬ者たちの歌が四方八方から聞こえる。虫の声、雀や、結婚が遅れた鶯《うぐいす》のさえずり。遠くで鳶《とび》が鳴く。

碧はゆっくりと目を開け、顔を上向《うわむ》けた。西の空はオレンジに、それ以外は紫に染まり、天へ近づくほどに薄紫、白、そして水色へと変化している。美しいと思った。

「撮影は終わりです。みなさん、お疲れさまでした」

「じゃあ、次は天堂生物班長、出番だよ」

「ん」

碧は頷き、伸びをした。陽はまもなく山の端に沈む。時刻としては理想的と言えた。荷物をまとめると、碧が先頭になって山小屋をあとにする。狭い草っ原から、でこぼこした山道へ。左右に生い茂る木々のせいで足元は暗い。最初に碧が、続いて正義、刹那、最後に玉華が懐中電灯を点けた。

「ええと、これから、蛍を見るんですよね？」

道中、正義が興味深そうに尋ねてきた。

「ああ。去年も見たが……今年は多分、もっときれいに見えるはずだ」

「え、なんでですか？」

「地球が滅亡寸前だからさ」

碧は、今はただそれだけ言うにとどめた。正義は納得しかねるような表情だったが、特に文句も言わずについてきてくれる。玉華と刹那は、葉っぱの隙間から空を見上げつつ歩いている。

「刹那、ヨイノミョウジョウっていうのはどこ？」

「宵の明星ですか。金星のことですね。たしか、今の時期は見えなかったかと」

「そうなの。残念」

「ただ、明けの明星なら見られるはずです。早起きしましょう」

「早起きかあ。ちなみにそのアケノミョウジョウは、どの方角に見えるの？」

「おい、ちゃんと足元を見ないと危ないぞ」

途中、ひび割れたアスファルトの道をしばらく通ったが、離れ離れに立つ街灯は当然死んでおり、足元が不確かであることに変わりはない。碧はほかの三人を率いて、さらに山奥をさして歩き続ける。太陽は完全に隠れ、空は紺青色《こんじょういろ》に変わっていた。しばらく進んでから、再び舗装されていない道へ足を踏み入れる。木々の密度が増し、その隙間隙間にわだかまっていた闇たちが、自分たちの時間の到来を祝い、思い思いに手足を伸ばしはじめる。鳥たちの声が薄れていく。

碧は、玉華がつまずかないか心配で、チラチラと後ろを振り返った。だから、刹那がすぐそばまで寄ってきて、不意にこうささやいたときも、大して注意を向けなかった。

「碧先輩」

「ん？」

「あとで、ちょっとお話が」

「ああ、分かった」

また、おつかいか何かだろうか。現像という作業には詳しくないが、きっと専用の道具とか薬品とかが必要なのだろう。

碧は、ただそんなふうに考えただけだった。それより、今は安全に、迷わず進んでいくことが大事である。懐中電灯で闇を裂きつつ、歩く。歩く。歩く……。

「……このあたりだ」

二十分ほど歩いただろうか。碧はようやく足を止め、つぶやいた。

「アレを出すから、ちょっと待っててくれ」

碧はそう言うと、鞄から封筒を取り出した。懐中電灯を刹那に預け、中から青いセロファンを引っ張り出す。

「ほら、これだ。みんな、ここでセットしてくれ」

碧はセロファンを一枚ずつ配った。四人はそれを自分の懐中電灯にかぶせ、輪ゴムでとめる。懐中電灯が発する光が、すべて青色になった。

「これで、蛍にやさしい光になったの？」

「そうだ。蛍にやさしい光だ」

碧は、青い光で草の上を照らした。再び先頭に立ち、道を逸れて前進する。ただし、今度は長くは歩かない。ほどなくして川のせせらぎを耳にし、立ち止まった。懐中電灯を前に向けると、清流が青い光を浴びてきらめいた。

穏やかな流れだ。豊かな水草と、苔の生えた岩。水辺特有の匂いがした。そこにひそむ無数の命が濡れて発する、碧の好きな匂いだ。

川から数メートルという位置の草の上に、碧は腰を下ろした。玉華、刹那、そして正義も。

碧が青ライトを地面に向けると、他の三人もそれに倣った。

気付くと、四人は無言になっていた。わずかな声や物音でさえ、これから起こる〝何か〟の妨げになってしまうのではないかと、恐れているかのように。

川面はタールみたいに黒く見えるだけだったが……。辛抱強く目を凝らし続け、やがて見つけた。五等星か六等星のような、弱々しい光。瞬きの間に消えてしまいそうな、かすかな輝き。

最初は一つ、二つ。やがて四つ、八つ。

数分もしないうちに、光点は数十に増えていた。

「……ゲンジボタルだ」

飛び交う光点を前にして、碧は目を細めた。その幻想的光景を邪魔せぬよう、声は自然とささやくような調子になっていた。

決して強い輝きではない。一つ二つだったら、すぐに見失ってしまうだろう。街灯や懐中電灯の光が少しでもあれば、たやすく呑み込まれ、押し流されてしまうだろう。

しかし、それは文字通り命の輝きだ。

この小さな生き物たちにしか作り出せない景色が、ここに、たしかにある。

あるものは飛びながら、あるものは草の上で。命を燃やしている。星空が、地上に下りてきたように見えた。

「水辺に棲息する夜行性の昆虫。体長は十数ミリで、メスの方が大きい。幼虫時代は水中で過ごし、土の中で蛹《さなぎ》になる……」

碧の口から、昔、昆虫図鑑を夢中で読み漁《あさ》っていた頃に得た知識がスラスラと出てくる。が、彼はやがて言葉を切り、首を振った。

「いや、解説なんていらないな。とにかくきれいだろう」

「うん、すっごく」

玉華が同意した。そして、後方にチラリと目をやった。

「街灯がすっかり消えてるから、それもよかったね。光が見やすい」

「見やすいのもそうだが、蛍にとっても、街灯が消えたのはいいことだ」

「蛍にとっても？」

「ああ」

碧は頷いた。川のせせらぎの上を、無音で舞う光の粒たち。

「蛍のオスは街灯やら何やらの光を避けて飛ぶ、って研究がある。けど、メスは明るさを気にせず、ずっと同じ場所に留まっちまう」

「つまり……？」

「つまり、街灯が一本作られるだけで、その近くで生まれたメスはオスと出会えなくなる」

蛍たちは、今や光の川となり、その姿を水の川に映し、二重の流れを作っていた。見つめているうちに、天の星々との区別があやふやになっていく。星と蛍が、宝石のように川面で溶け合う。

「今年は邪魔な光がない。繁殖はいつになくうまくいくだろう」

もちろん、うまくいったとしても、卵からかえった個体が成虫になることはない。地球の夏は今年で最後だ。蛍たちはそのことを知らずに、繁殖の成功に満足して死んでいく。

「あ、あの」そのとき、乱舞する蛍たちに見惚《みと》れていた正義が、ようやく我に返った様子でささやいた。「何匹か採って帰ったらダメですか」

「あまりオススメしないな」碧は思考を中断し、答えた。「蛍にもいろいろいるが、ほとんどが成虫になると餌をとらない。繁殖のために半生を捧げるんだ。捕まえるなら、せめて目的をまっとうさせてやるためにオスとメスのセットじゃなきゃならない。そして生まれた卵や幼虫は元の場所へ返す。手間がかかるぞ」

（いずれにせよ死ぬってのに？）

碧は光の川を見つめ問いかけた。誰に？　自分自身に。

（そうとも。必要なことだ）

「そ、そうなんですね。じゃあ、思い切って妹をここに連れてくるとか」

「負担になるし危険だ。第一、乳児は視力が弱い……」

碧は、後輩の無茶な考えを否定しようとした。しかし、意図に反する記憶が浮かび上がってくる。

「……いや。なんとかっていう蛍研究者は、たしか子どもがまだ赤ん坊の頃、連れ出して蛍観察をしていたんだったか。蚊よけネットかぶせて」

「そんな前例が。じゃあ僕も……」

「絶対ダメ、ってわけじゃないかもしれない」

碧は言葉を慎重に選んだ——とはいえ、いつもなら絶対に選ばない言葉だった。

「まあ、確実に言えるのは、瓶の中に一匹か二匹入れたって、この景色は味わえないってことだ」

碧は口元に人差し指を当てた。四人が次々にライトを消すと、蛍はより美しく浮かび上がる。数百の蛍は今やタイミングを合わせ、同時に明滅していた。あたかも一匹の生き物のように。

「……たしかに、そうですね」同期した点滅に圧倒された様子で、正義は小声で言った。

「妹と一緒にやりたいこと、一つ見つかりました」

（同じなのかもしれないな。蛍も、人間も）

正義の返事を聞いて、碧はそう思った。蛍たちは人間の感動になど無関心な様子で、光り、飛び、踊っている。

この蛍たちは、地球が滅ぶと知っていようがいまいが、きっと変わらず光り輝くのだろう。

玉華もそうだ。

すべてが消えてなくなると分かっていても、前進をやめない。

（俺は、見つけられるだろうか。それとも、見つけられずに死ぬんだろうか）

玉華のため息が、間近で聞こえたのはそのときだった。

碧はチラリと、彼女の横顔を見る。玉華は飛び交う蛍たちに夢中だった。幼い少女のように目を輝かせ、蛍の舞いを見守っている。

碧は……ほんの束の間、ままならぬ世界に対する諸々の感情を忘れ、心の平穏を感じた。

それは、すべての危機感、不安感を超越した幸福だった。

「……碧先輩、ちょっといいですか」

「ん？」

観察をいったん終えて、川辺から離れようとしたときだった。呼び止められ、碧は川の方を振り返った。暗がりの中、青いライトを手に歩いてくる刹那を見つけ、碧は眉をひそめた。彼女は玉華や正義とともに、先に道路の方に戻ったと思っていたが。

「忘れ物か？」

「いいえ。お話がありまして」

「あっ、そうか。さっき言ってたな。歩きながら聞こう」

「ダメです。今、ここで」

刹那がきっぱりとそう言ったので、碧はたじろいだ。いつもの彼女らしからぬ、強い口調。どうもただならぬ事態のようである。

考えてみれば、刹那は先ほどから、少し様子が変だ。蛍を観察している間、やけに静かで、一切口を開かなかった。もともと物理の話をするとき以外は、そこまで口数が多いわけでもないが、それにしても何かおかしい。思いつめたような雰囲気。風が吹き、闇に溶けかかった彼女の姿のうち、おさげだけがかすかに揺らぐ。

（……っ！　まさかデルタの話か。国際宇宙局の発表の真偽が分かったのか？）

碧は息を吞んだ。つい先日――碧たちが闇市でビラを見つけてきた日、刹那はデルタの軌道について、独自に調べてみると言い出したのだ。そして、このことは玉華には内緒という話だった。

碧は周囲を青いライトで照らし、近くに誰もいないことを確かめる。そして、大きく息を吸って、吐いて、心を落ち着けた。デルタに関するどんな事実を突きつけられても、受け止められるように。

しかし。

事態は、予想とはかけ離れた方向へと進んだ。斜め上から飛来した言葉のボールを取り損ね、碧は、殴られたかのような衝撃を受けた。

「結論から言います。好きです」

「…………………………へ？」

「主語等をはっきりさせて言い直しますと、私は碧先輩のことが、好きです」

あまりにも唐突。

前触れなく、不意討ちで、真っすぐな告白だった。

「えぇと……。そう、結晶作用です」

「結晶。水溶液を冷却したりして取り出す？」

「化学の話じゃなくて、恋愛の話ですよ。……まあ、僕にもよく分からないんですけど」

そう言って、正義は懐中電灯の青い光の下で、ノートをせわしなくめくる。顔の近くに来た蚊をそっと追い払いつつ、碧は眉根を寄せた。

草の上であぐらをかいた二人は、頭をぶつけそうになりながらノートを覗き込んでいた。正義が以前読んだという、スタンダールの『恋愛論』のまとめである。蛙や虫の鳴き声が彼らを包む。尻の下の草は湿っている。真下に向けた懐中電灯により、地面が青く切り取られている。二人は、その青の中でひそひそ話す。

「んん……恋する人は、想像の中で相手をどんどん飾り立てていく……だそうです。たとえ欠点でも、好きな人の場合は美点に見える。それが結晶作用」

「ふむ。つまり刹那は、俺を実物以上に美化しているかもしれない、と」

「そうですね」

「ずいぶんはっきり言うな」

「すみません」

「いや、いいんだ。なんだか複雑な気分だな」

碧はため息を吐いた。スタンダールの『恋愛論』。碧は知らなかったが、どうやら有名な本らしい。碧にとって、〝恋〟なるものは正体不明のシロモノだが……おおまかな輪郭だけでも把握したかった。次にどんな行動をすべきなのか、少しでもヒントが欲しかった。藁にもすがる思いで正義に話してみたら、この『恋愛論』を薦められたわけである。

「それで、刹那さんはどこに？」

「今は玉華と一緒にいるはずだ。上から蛍を見る、って言ってたから」

碧は目を細め、崖の方を見た。木々の間から、青い光がかすかに見える。碧と正義がいるのは、先ほどの川辺から山道を少し登ったところにある藪の中だ。藪を抜けた先には崖が――碧と玉華が初めて出会った崖があり、玉華と刹那はそちらで川を見下ろしているはずだ。あの崖は柵が壊れているので玉華一人だと心配だが、刹那がいれば大丈夫だろう。

というわけで、碧はもうしばらく、彼女らと別行動をさせてもらう。〝もうしばらく〟というのは、具体的には、『恋愛論』が何か有益な情報を教えてくれるまでである。

わざわざ言うまでもないことだが、告白など生まれて初めてされた。おまけに、刹那の表情からは意図がまったく読めなかった。《どうせもうじき死ぬわけですし、試しに付き合ってみます？　私はどちらでもいいんですけどね》くらいの気持ちなのか、《私はあなたとともに死ぬことに決めました。最後の晩餐はあなたの隣で食べる焼き芋です》くらい思いつめているのか。《私に告白された人がどういう反応をするのか、死ぬ前に見ておきたかったので》という可能性もある……いや、ないか。とにかく、どうして今になって告白してきたのか、判断がつかない。

「それで、俺はどうすればいい」

「分かりません」

「おい、それを知りたいってのに」

「場合によりますよ。そこは自分で考えてください」

正義は無慈悲にそう答えた。碧はうめき声を上げた。

そもそも、玉華に何の相談もなく返事をするわけにもいかない……いや馬鹿な、血迷ったか。なぜ玉華なんだ。俺はあいつの世話役であって、逆ではない。告白されて狼狽《ろうばい》している姿など、決して見せるわけにはいくまい。

「いっそのこと、玉華さんと刹那さんの会話、盗み聞きしましょうか」

「え、どうして」

「もしかしたら向こうも、僕らと同じように、ついさっきの告白について話しているかもしれません。それをこっそり聞けば、ヒントになるかと」

「バカ、そんなことできるか」

暗がりの中で、碧は首を振った。勢いをつけて立ち上がると、ズボンの尻のところが湿っており、若干気持ち悪かった。正義とともに、泥を払い落とす。

「これからどうするんですか？」

「そうだな……。とにかく、返事を決めないことには始まらない」

「碧さんは、刹那さんのことをどう思ってるんですか？」

「大事な後輩だよ」

碧は木々の向こう――崖がある方をチラリと見やり、言った。答えになっていないことは承知しているが、それ以外に表現しようがない。それ以外の表現は、これまで必要なかったから。

碧は困り果てた。右に行けばいいのか、左に行けばいいのか、それとも立ち止まっていればいいのか、まったく分からない。ゆえに足は、今向いている方へと自然と動き出した。崖際。玉華と刹那がいる方へ。

しかも、忍び足で。

「……あの、碧さん？」

「いや、これはどうせ二人と合流しないといけないから……それに足を滑らせて崖から落ちたらいけないから……そういうアレだ」

完璧な言い訳である。碧は正義をつれて、木々の間に身を隠しつつ、玉華と刹那の方へ歩いていく。途中、迷子になったらしい蛍が一匹、頬の横を通り過ぎようとしたので、両手のひらで包んだ。

思えば、蛍たちも愛の告白をしているわけだ。刹那はそれに便乗した形。

今夜、この山の中で、数えきれないほどの虫カップルが誕生する。余談だが、多くの蛍のオスは、メスと結ばれる際に「婚姻ギフト」というものを相手に渡す。ほとんどの蛍の成虫は食事をしないから、卵を作るための栄養はオスからもらうわけだ。人間は告白のときに花束を渡したりするが、蛍のプレゼントはずいぶん実用的……。

(待て、問題は蛍の生殖じゃないだろう。知りたいのは人間の恋心の話だ)

碧は、強いて思考を打ち切った。すでに彼らは崖から数メートルというところにいる。見ると、星明かりを背景に、玉華と刹那の姿が影絵のごとく浮き上がっていた。半壊した柵に寄りかかる玉華に、刹那が向き合っている。

碧は息を殺し、耳を澄ます。彼女たちのやり取りが、何かヒントをもたらしてくれることを、期待する。

だが。

碧が直面したのは、彼にとって常識の枠組みの外側にある事態だった。

「好きです」

(……は?)

「私は、玉華先輩が好きです」

たしかに、刹那の声だった。

動揺のあまり、碧と正義は身じろぎした。草がこすれて音を立てる。合わせていた両手に隙間ができ、蛍が逃げる。蛍は崖の下の川原に向かって飛んでいった。

刹那は、すぐに二人に気が付いた。そして、碧が言い訳をするより早く、いつもの冷静沈着な口調で言った。

「あ、ちょうどよかったです」

「いや、ちょっと待て。どういうことなんだ、これは。だってさっき……」

「正義さん、あなたも好きです」

「ええええ⁉」

「だから結婚しましょう。四人で」

この上なく真面目な調子だった。月明かりが彼女の顔を半分だけ照らし、片目を瞬間、輝かせる。碧は玉華を、続いて正義を見た。誰もが困惑していた。

『恋愛論』には、こういう状況での対処法は記されているのだろうか。

何一つ、分からなかった。

7章

宇宙旅行のチケット（限定品）

【内戦期（日本を中心に）】

世界暴動の勢いはとどまるところを知らず、そのまま内戦へと突入する国も少なくなかった。日本も例外ではない。反政府側についた警官や自衛官がいたこと、ロシア、中国から武器が密輸されたことにより、銃声鳴りやまぬ激しい市街戦が半年ほど続いた。

人々の心に怒りの火をつけた原因の一つに、国際宇宙局が中心となり、日本政府も深くかかわる火星ロケット計画があった。ロケット計画は当初、単純な調査目的であるとされていたが、関係者のリークにより、地球を脱出するための方舟であることが判明したのだ。政府関係者が、ロケットの「乗組員」を国民に何の相談もなく決定していたことも、火に油を注いだ。

日本国内に反政府組織は複数存在していたが、そのうちのいくつかは、「乗組員」を政治家や学者、資本家などから恣《し》意的に選ぶのではなく、厳正な抽選といった平等な方法で決めることを求めて戦った。

内戦は、万単位の死傷者を出す悲惨なものだった。政府はこれを抑え込むべく、インターネット上での情報統制、工作、改竄を徹底的に行った。当然、反政府組織はこれに反発。政府に協力する大手通信会社を襲撃対象とした。通信会社の職員は大量に逃亡。残った職員の大半も、政府からの要請に応え続けることを拒絶した（交換条件として提示される利権など、もはや何の役にも立たなかった。銃弾の雨に晒されながら国民を騙し続けるか、何もかも投げ出して安全を得るか。どちらを選ぶかなど考えるまでもない）ため、各社は業務停止を命じられた。

日本の通信インフラは事実上、機能を停止した。現在でも、政府関係者、あるいは各地に潜伏する反政府組織などは、遺棄された通信インフラを秘密裏に復旧して使用しているらしいが、戦いと無縁な者たちは完全に締め出されたままである。

また、大手マスコミを懐柔した日本政府は、平和的なデモ、暴動、反政府組織による攻撃等をすべてひっくるめて「テロ」と認定。過剰な弾圧を正当化するとともに、積極的な密告を奨励した。そして、国家によってテロリストとされた者は国民カードの機能を完全停止され、食料品、衣料品の配給などの公共サービスを受ける権利をすべて喪失した。

昔から、情報操作は日本政府の十八番である。反政府活動の参加者たちは動揺し、徐々に分断されていった。半年経つ頃には、主要な拠点をすべて政府側に奪還される。彼らの多くは逃亡し、逮捕を免れたらしいが、反政府組織の目的は果たされなかった。火星ロケット計画は今もなお、一部の政治家と資本家、学者のみを「乗組員」とし、進行している。

＊

反政府組織は失敗した。再び暴動を呼びかけているとはいえ、これまでの経緯から考えて、政府を打倒する可能性は低い。火星ロケット計画は、わずかな例外を除いて、国民にとって無関係のものとなった。

そう、〝わずかな例外〟を除いて。

天堂碧は、その〝わずかな例外〟が手を伸ばせば届く位置に来るとは、夢にも思っていなかった。

「外力を無視すれば、二物体が衝突する運動は、運動量保存の法則で求められます」

黒板に二つの円を描き、刹那は語る。一方は「地」、一方は「δ」。二円から出た矢印は一点で激突する。

「この図のように、衝突の角度はθ、ϕと決めます。地球の質量はM、速度は位置ベクトル$\vec{\gamma}$の微分ですので、反発係数をeとすると、衝突後は……」

「なるほどね、完全に理解したよ」

「刹那。すまんが、分かるように話してくれ」

最前列に座った碧は言った。隣には、すっかり思考を放棄してしまった玉華。その向こうでは正義が、必死についていこうと黒板を凝視しているが、戦況は芳しくなさそうである。

もちろん碧にも、ちんぷんかんぷんだ。

「すみません、熱くなってしまいました。では、結論から言います」

　早口で喋りつづけていた刹那が、少し頬を赤らめて咳払いした。

「地下にいようが地上にいようが人類は全滅です」

「なるほど」碧はつぶやいた。「それなら分かりやすい」

「地球の太陽に対する公転速度は、およそ秒速三十キロ。時速十万キロ以上なので、新幹線の数百倍です。それがいきなり、同じような速さの別の物体にぶつかると考えてください。人は壁や天井や地面に叩きつけられ、血と肉の染みになります」

　四人だけの教室に、しばし沈黙が訪れた。校庭からはいつもと変わらぬ、野球部とサッカー部の掛け声――命を燃やす声。廊下には金管楽器の音が響く。

「……このビラ、正直僕は信じたくなかったんですが」

　重苦しい空気を破って、正義が口を開いた。その手には、先日の闇市で入手したビラ。

「やっぱり本当なんですね。これはつまり、刹那さんのお父さん……物理学教授お墨付きの計算ですから」

　碧は「そうだな」と同意し、ビラに目をやった。赤や黒の太字で、暴動を呼びかける煽動的な言葉が並んでいる。曰く、政府が民衆を見殺しにしようとしている、と。

「だが、うすうす分かってたことだ。『かすめる』なんていう発表は嘘。シェルターに入っても誰も助からない」

「たしかに、そうですけど。でも、あらためて突きつけられると……やっぱり見捨てられるんですね、僕たち」

「見捨てるどころか、監禁だね。シェルターに閉じ込めちゃえば、ロケット打ち上げを邪魔できないから」

玉華は天井を見上げた。その横顔を見ていられず、碧は机に視線を落とす。

蛍の観察会の翌日だった。碧たちはまだ心の整理ができずにいる。いや、〝まだ〟と言ったが、今後も整理などできるのかは分からない。

刹那の父親が物理学教授だというのは、前から知っていた。だが、火星ロケット計画に深くかかわっているとは初耳だった。というか、娘である刹那でさえ、知らされたのはごく最近のことだという。国家をまたぐ極秘プロジェクト。

刹那は、父親が珍しく帰宅した機会をとらえて問い詰めた。〝妖星食〟のときに公開されていたデータと、今回発表されたデータとのズレを指摘したのだ。そこには国際宇宙局の発表と矛盾する数値が存在した。父親は観念し、すべてを白状した。

刹那の父親曰く、国際宇宙局はたしかに、デルタに関する新データを入手したらしい。それにより、デルタの軌道予測に修正があった。しかし、それは人類の運命を変更するほどの修正ではなかったのだ。

碧たちの未来は、たった今、刹那が端的に示してくれた通りだ。泣こうが喚《わめ》こうが、決して逃れることはできない。

「……で、刹那。それとこの前の告白と、どう関係があるの？」

「生き残る道を、考えたんです」刹那はチョークを置き、指先をハンカチで丁寧に拭う。

「ロケットには政治家や資本家、学者しか乗れませんが、お話しした通り、近しい親族だけは例外です」

「だから、父親にくっついて乗船できることになった。そういう話だよな」

「はい、私も驚きました。父の仕事は機密だったので」

喜ばしいこと……なのだろう。おそらく。滅亡地球学クラブの部員が、一人だけでも宇宙に逃れる。彼らの活動が、地球と一緒に消えてなくなってしまうことだけは、避けることができる。それはきっと、幸運なことなのだろう。

……しかし。

「私は、みなさんを置いて宇宙に行くなど、嫌でした」刹那は、そうは考えなかったらしい。

「けれど、近しい親族が例外ということなら……。私がみなさんと結婚すれば、四人とも火星ロケットに乗れるのではないか。そう気付きまして」

「おい、ちょっと待て」碧はさすがに、口を挟まずにはいられなかった。「いくらなんでもムチャクチャだぞ」

「ロケット計画は多国籍事業です。多夫多妻が認められる可能性も……その、ゼロではありません。合理的ではありませんか」

「合理的って……」

「私の父は、世界暴動のずっと前から衝突の事実を知っていました。今回だって、『かすめる』などというのは大嘘だと知っていました。知っていて、隠していたのです。そんな人と一緒に宇宙に行くなんて、考えただけで吐き気がします。これは、父に償いをさせるだけです。世界を騙した父を利用して、みなさんの命を助ける。おかしいことは何もない。そう思いませんか？」

そこまで早口で言い切って、刹那は玉華を見た。もしかしたら、《いいね！　私も宇宙に行ってみたかったんだ！　さすが刹那！》などという言葉が返ってくることを――たとえ可能性が一パーセントもなかろうと――期待していたのかもしれない。しかし玉華は眉間にしわを寄せており、助け舟は一切出さなかった。刹那は何か言いかけて唇を噛み、うつむいた。

「すみません……。みなさんのお気持ちも考えず、一人で盛り上がってしまいました」

「ううん、いいよ」玉華は刹那をなぐさめた。「いろいろ考えてくれたんだよね。ありがとう」

「そもそも、ロケットに乗る連中に、火星で生き延びる算段はあるのか？」

「……ありません」

「じゃあ、地球に帰ってくるのか」

「いいえ、それも無理です」

刹那は首を横に振った。正義が息を呑む気配が伝わってきたが、碧と玉華は、不思議と落ち着いていた。これも、前々から推測できていたことだ。

「かつて月ができたときのように、地球は衝突で砕けて別の形になるでしょう。奇跡的にそれを回避しても、理論上、衝突から短時間のうちに一部の強靭な虫や微生物を除く全生命体が死滅します。他にもマグマの影響や宇宙線による害などが予想され……とにかく地球は、もはや地球ではなくなります。人間の口に入るものは何一つ生産できない環境になることは、間違いありません」

「宇宙船内で食糧は作れないのか？　たしか昔、レタスかなんかの栽培実験が成功したはずだろう」

「自給自足にはとても足りないそうです。そして、事前に宇宙空間や火星に配備しておいた食糧は、もって数年」

「今年死ぬか、数年後に死ぬか、ってわけか」

大きな違いのようだ。同時に、些細な違いにも思えた。

人類は絶滅する。間違いなく。

(つまり、玉華も死ぬ)

碧は唐突に、その残酷な事実を再発見した。真剣な顔で腕組みする部長を、横目で見やる。

この人が死ぬのだ。死人はしゃべらないし、笑わない。碧の料理を食べることもないし、ワガママを言って部員を困らせることもない。

(ああ、そうか)

碧の心の真ん中に、ぽちゃんと、小石のようなものが落下する。小石は心の奥の奥まで沈んでいき……その底に何があるのか、碧に知らせた。

今さら分かった。

(俺は、自分が死ぬのが怖いんじゃない。玉華が死ぬのが怖いんだ)

「じゃあ、決めなきゃいけないね」

玉華は。碧の視線には気付かぬ様子で、そう切り出した。

「シェルターに入るか、それとも逃げちゃうか」

逃げる。碧は舌の上で、その言葉を転がした。

逃げるというのは、普通は生きるためにすることだ。が、この場合は事情が違う。逃げようが逃げまいが、碧たちは死ぬ。シェルターという名の監獄に閉じ込められたまま死ぬか、地上で死ぬか。それを選ぶだけだ。

重苦しい沈黙が、空き教室内を支配していた。黒板の上の時計——秒針が一周、二周、三周する……。

——僕は妹と……家族と一緒に過ごします。

——うん……。寂しくなるね。

——短い間でしたが、ありがとうございました。こんな僕でも、少しは何かをやり遂げられたような……今なら、胸を張って光彩の兄だと言えるような……そんな気がするんです。

——そっか。

——そんな顔しないでください。シェルターに入っても、研究はできる限り続けますよ。

——碧はどうするの？

——俺は……玉華に合わせる。

——ダメ。自分で決めて。自分のやりたいことを。

——やりたいこと、か……。

──今結論を出しても、気が変わるかもしれない。正義君もそう。きちんと時間をかけて考えて。具体的な避難命令は、まだ来てないから。

刹那から残酷な計算結果を聞いたあとも、なんとなく、シェルターへの避難にはまだ時間があるものだと勝手に思っていた。けれども、現実は碧たちの都合など考慮せずに進行する。それから五日ののち、滅地部の四人はそれぞれ、役所からの郵便物を受け取った。その茶色い封筒の中身は、避難の日時と、具体的な避難先が決定したと伝えるものだった。

出発は七月十日。デルタ衝突の、ちょうど一か月前だ。

通知書によれば、避難の日を境に生活必需品の配給はシェルター内でしか行われなくなるという。もしシェルターに行かないとすれば、残り一か月、配給に頼らず生活せねばならない。ただ幸いにして、滅地部には旅行用にためていたガソリンがある。避難の日が夏休みの前であるため、旅行に行くタイミングはなくなってしまったが……。ガソリンをどうにか食糧に換えられれば、飢えることはないだろう（それに、ウサギもまだ残っている）。

当然、クラスのみなの手元にも、ほぼ同じ内容の手紙が届けられた。違うのは、住所によって割り当てられる集合場所と、避難バスの座席番号くらいだ。出発予定時刻も、行き先も同じ。

教室での話題は、避難のことでもちきりだった。ある者は、家族の座席割り当てが運悪く二台のバスにまたがってしまい、別々の車両で避難することになったと愚痴っていた。ある者は「ペットは一家族一匹まで」という項目に怒り、その規定を作った何者かに向けて思いつく限りの呪いの言葉を吐いていた。

（家族……）

学友たちの会話を聞きながら、碧は両親のことを――特に母のことを思い出した。

あの世界暴動の直前――たしか、ひと月かふた月くらい前のことだったと思う。母は長期の出張取材を終えて、珍しく家でのんびりしていた。父は仕事で不在だった。碧は……入学したばかりの高校で授業に置いていかれないように、帰宅して早々、自室で予習を開始していた。

自室の窓から外に目をやったとき、碧は、スーツ姿の男が二人、家の前をうろついていることに気が付いた。最初は道にでも迷ったのかと思っただけだったが、数分してからまた顔を上げたとき、二人組はまだその場から動いていなかった。

彼らはチラチラと天堂家の方に視線を向けつつ、何かひそひそと話していた。二年が経った今ではたしかめようがないが……。あれは反政府組織のメンバーだったのではないかと、碧は推測している。世界暴動後にまことしやかに語られだした噂によれば、反政府組織は国際宇宙局の発表以前に、デルタ衝突についての情報を摑んでいたという。そして、記者会見当日に大衆を煽動するために、周到な準備を進めていた、と。

そんな秘密組織であれば、きっと母の取材活動を快くは思わないだろう。

もちろん証拠はないし、そもそも当時の碧は反政府組織の存在など知るはずもない。あのときは、自宅の周りをうろつく不審者を見て、不気味だと思っただけだ。お面をかぶっているか、表情筋が死んでしまっているか、そのどちらかなのではないかと思うほど、顔色の変化の乏しい二人組だった。

そして驚いたことに、母は二人組を家に招き入れた。

――あんたは部屋から出ないように。

不審者を出迎える前、碧は母にそう言いつけられた。訳が分からなかったが、とにかく碧は、言う通りにしつつも耳を澄まし、三人の様子を窺《うかが》った。会話の内容までは聞き取れなかったが、彼らがお茶を飲んだこと、十分ほど話して帰ったことだけは分かった。

母にとっては、反政府組織も取材対象だ。多分、変に追い返すよりも仲良くなってしまった方がいいと判断したのだろう。危なっかしい母親だった。それでいて、碧を危険に巻き込もうとは絶対にしなかった。あの日だって、碧がそばにいた方が、万一のときに身を守りやすかっただろうに。

──あんたは知らなくていい。あの二人組の顔も見なかった。そうでしょ？

二人組が帰ったあと、碧は釘を刺された。けれども、碧は会社から帰った父に事情を報告した。案の定、父はカンカンになって怒り、母はまったく悪びれなかった。

──碧は部屋に隠れさせていたから。問題ないでしょう？

──バカ、そういう話じゃない！

──大丈夫。身体には指一本触れられてない。

──だから、そういう話じゃ……。

そこで、父は黙ってしまった。父は別に、母に対して怒りをぶつけたいわけではなかったから。

あの年になっても、二人は愛し合っていた。

その日はちょうど、水曜日──碧が夕飯を作る日だった。三人はテーブルを囲んで、碧の用意したエビピラフを食べて笑い合った……。

「……どうした、生物班長サン。ぼんやりしてるね」

不意に声をかけられて、碧の周囲を漂っていた思い出という靄《もや》は、風に吹かれたようにサッと消えた。そこにあったのは父母との食卓ではなく、学校の体育館だった。

昼間とはいえ、照明の消えた体育館は薄暗い。その中で生徒たちは、パイプ椅子を運んだり、ステージの上と下とを行き来したり、忙しそうに立ち働いている。

碧はステージの正面——全体を見渡せる位置に、長身の茶髪男・愛澤久人と並んで立っていた。

「もう少し練習したかったんだけどなあ」

体育館のステージを見上げて、久人は言った。碧は何も言わずに彼の視線を追う。ステージ上では、演劇部員たちが協力して書割を運び、位置を調整していた。書割を右に一センチ動かすか、左に一センチ動かすか——その選択が、あたかも残りの人生のすべてを左右するかのように、真剣な表情。……いや、「あたかも」とか「かのように」とかではなく、実際に左右するのだ。

体育館には一面、緑色のシートが広げられており、その上ではパイプ椅子を規則正しく、方形に敷き詰める作業が続けられている。体育館は、演劇部員たちの手によって即席の劇場に変貌しつつあるわけだ。

「部長！　発電機、オッケーでーす！」

「ん、了解」

舞台の袖から顔を出した女子部員に、久人は軽く手を挙げて答えた。碧は、暗く沈黙したままの天井を見上げ、それからバスケットゴールの上あたりに目をやった。演劇部員の一人が、黒い箱型の機械を両手で抱えて、角度を調整し、ステージに向けようとしている。斜め上から照らすタイプのスポットライトだ。

「あれ、使うのか？」

「まあね。これからずっとシェルターなのに、今さらガソリンをため込んでても仕方がない。全部発電機に注《つ》ぎ込むさ」

「たしかにな」

書割の配置は終わったらしく、今度は吹奏楽部が現れて、ステージのすぐ下のところに譜面台や椅子を並べはじめた。ステージ上は狭いから、演奏は下で行うことになったらしい。観客席の最前列とステージの間には、演奏のためのスペースがあけてある。

久人は演劇部の部長として、それらの準備全体を監督し、的確な指示を出している……のかと思ったが、どうもそうではないらしかった。久人はパイプ椅子の間に碧と並んで立ち、ぼんやりとステージを眺めているだけだ。彼は物憂げな目をして、ため息を吐いた。

「どうしたんだ。心配なのか？」

「心配、か。そういうのとは少し違うかな」

久人はこわばった笑みを浮かべた。無理やり作っただけの笑みだ。

「終わってほしくないんだ。ずっとずっと、準備だけしていられたらって、いつも思う」

「…………」

「けど、本番は必ずやってくる。具体的に言うと、二十四時間後に」

碧は何も言えず、ただ久人と同じ方向を見る。台本を手にし、ぶつぶつ何かつぶやいている演劇部員。譜面台の高さを調節しては、そのたびに顔をしかめてまたやり直す、を繰り返す吹奏楽部員。自分の描いた書割をしげしげと見つめる美術部員……。

「ああ、ごめん。君らにも材料の調達を手伝ってもらったっていうのに。こんなことではいけないね」

「いや……」

碧はゆっくりと首を振った。ガチャガチャとパイプ椅子のこすれる音は聞こえなくなっていた。観客席の設営が終わったのだ。そう、終わった。一つひとつ、終わっていく。

「分かる気がする」

「……そうか、分かるか」

「ああ。分かる」

碧がそう言うと、久人はまた笑った。先ほどよりは、少しだけ柔らかく見えた。

碧も、久人と変わらない。

終わりを迎えたくなくて、いつまでも生にしがみつこうとしている。最期の過ごし方を探しつつも、そうせずに済むなら済ましたいと、うじうじと思い悩んでいる。

けれど、それは悪いことなのだろうか。生物として――ＤＮＡに刻み付けられた生存本能に従っているだけで……。

「部長！」

そのとき、出入口の方から演劇部の女子が駆けてきて、碧と久人は同時に振り返った。なにやら慌てた様子で、その女子はもう一度言った。

「部長！」

「どうしたんだ？」

「警察の人が来まして」

碧は眉をひそめた。警察。今は暴動の防止に手いっぱいという噂を聞いたが。今さら高校生に――それも演劇部員に――何の用だろうか。

「どういうことだい？」

「その……暴動の防止がどうとかこうとかで……大人数の集会はＮＧらしくて」

碧と久人は顔を見合わせた。集会の禁止。たしかに、役所から手紙が来ていたように思う。暴動を未然に防ぐために、一か月の間、一切の集会を禁止する。一か月――つまり、地球が滅ぶまでだ。危険かそうでないかにかかわらずの一律禁止――なんとも用意周到で効率的なことだ。素晴らしくって反吐《へど》が出る。

（……高校生の演劇だぞ）

碧の胸の中では、困惑と怒りがないまぜになっていた。

（そんなものまで取り締まるってのか？）

「そうか……。警官はなんて言っている？」

久人も、努めて感情を抑えようとしているらしかった。後輩らしい女子部員に、ゆっくりとした口調で尋ねる。

「芝居を中止しろって？　それとも、条件付きの上演をお望みかい？」

答えによっては、警察と対立することになりかねない。高校生相手に、向こうはどこまでやるつもりだろうか。相手の人数は。交渉の余地は。そもそも本物の警察官なのか。もしも荒事になるようなら玉華を守らねば。

考えねばならぬことが、頭の中を駆け巡った。次から次へと、駆け巡った。

しかしながら。

目の前の演劇部員は、ちょっと迷ってからこう言った。

「いえ、実は……もう解決しまして」

「は？」

「は？」

碧と久人は、そろってぽかんと口を開けた。警察が来たのに、解決した。いったいどういうことなのか、にわかには状況を把握できない。

「解決したって？　じゃあ、警官はもう帰ったのかい？」

「ええと、はい。帰りました。帰りましたけど、また来るそうです」

「また来る？　う〜ん、それって、解決してないんじゃないか？」

「違うんです。小松先輩が、勝手に話を進めちゃって」

「玉華が？」

碧は思わず、少し大きな声を出してしまった。演劇部員がちょっと驚き、どぎまぎする。

「は、はい……。小松先輩、『せっかくだから観ていってください』って。警察の人の分の席も、もう用意してるみたいで」

「観ていってって……俺たちの芝居を？」

「そうです。だから警察の人、明日また来ます」

「マジか」

そう言って、久人は笑った。もはや笑うしかなかったのだろう。碧も同様だった。

「このへんでいいかな？」

ちょうどそのとき、玉華の声が聞こえたので、碧はそちらに目をやった。彼女はステージに向かって右の方にある椅子に、テープで何かの紙を貼りつけている。目を凝らしてみると、「予約席」と大きく手書きされていることが分かった。

ほかの演劇部の女子も、何人か一緒にいた。

「玉ちゃん、なんでこの場所なの？」

「え、なんとなくだよ」

「玉華はあれだよね、フィーリングで生きてるよね」

彼女たちは、わいわい騒いで楽しそうである。警官と対決する覚悟を決めていた自分が、ひどく滑稽に思えてきた。

「なるほど」

部長の心、部員は知らず。笑顔の演劇部員たちを眺め、久人はつぶやいた。

「たしかに、変に追い出したりすると相手もムキになるかもしれない。アブナイ集会じゃないってことを近くで見せるのが、一番いいのかもね」

「そういうもんか」

「滅地部の部長さんは、なかなか策士だね」

「策とかじゃない。あいつは理屈を超越して……」

言いかけて、碧はハッとした。彼はうつむき、しばし黙り込む。

今の玉華の姿が……あの日、不審者二人組をもてなした母と、一瞬だけ重なった。

「……大したもんだな」

「ん、何か言ったかい？」

「いや……なんでもない」

「そうかい。……まあ、とにかく助かった。君もありがとう。玉華ちゃんには俺から礼を言っとこう」

久人は報告に来た演劇部員にそう言うと、ああでもないこうでもないと、椅子の角度を調整しつつ議論している玉華たちの方へと歩き出す。

「あ、久人。いたんだ」

「そりゃあいるさ、部長だからね。警察のことなんだが、どうもありがとう。君が対応してくれたおかげで……」

「そんなことより、ここ。この最前列に『滅地部　予約席』って貼っていい？」

「ん？　そんなことをしなくても、ちゃんと関係者席を用意するさ。滅地部には世話になってるからね」

久人が言うと、玉華は嬉しそうに『滅地部　予約席』の紙を久人のTシャツに貼りつけた。

周りの演劇部員たちはあきれていたが、久人は笑っていた。玉華も笑っていた。

（玉華……）

彼女の笑顔を少し離れたところから見つめ、碧は心の中でつぶやいた。

（つい最近だ。つい最近、俺はやっと分かった）

自分は危ない橋を渡り続けるくせに、絶対に碧を巻き込もうとはしなかった母。そんな母を助けるために、暴動のど真ん中へ飛び込んでいった父。

あの二人と同じように、どうやら碧も、本当に大事なものを理解したらしい。

だから。

やはりどうしても、たしかめておかねばならないことがある。


演劇部最後の上演は、体育館の座席が三分の二ほど埋まる中、かなりの盛り上がりを見せた……と思う。「思う」というのは、演劇部の発表を見るのは初めてで、比較材料がなかったからである。

いわゆる創作劇であった。ジャンルは……ファンタジーというのだろうか。よく分からない。

人が見る〝夢〟の話だった。劇中では、夢は脳内で作り出される幻ではなく、身体が寝ている間の魂の旅行、と定義されていた。人の魂は街を越え、国を越え、星を越え、宇宙を越えて、共通の精神世界を旅する。夢の世界には過去も未来もなく、人間も動物もなく、地球人も宇宙人もなく、生者も死者もない。まっさらな魂となって、人は束の間にして永遠の旅を続ける。主人公の男子高校生はその精神世界で、同い年くらいの女の子と友だちになる。二人は恋に落ち、現実世界で会おうと約束する。そして主人公は、実際に現実世界において女の子からのメッセージを受け取るが、なんとそれは一万光年も離れた遠い異星から届いたものだった。二人の住む星の間には一万光年の隔たりがあり、彼女の言葉が電波に乗って届いたという事実は、彼女が生きていた時代からすでに一万年が経過していることを意味していた——。

滅地部の四人は、最前列で観劇した。玉華は碧の隣で涙を流しており、正義は真剣な顔でメモをとりながら観ていた。刹那は……表情が変わらないので、どう感じたのかは分からない。

警官は律儀にも、玉華が伝えた時間よりもきっちり五分早くやってきた。二人という話だったが、なぜか五人で現れた。彼らが演劇を楽しんでいったのかどうかは知る由もない。しかし、なぜ規則に従って演劇を中止させず、観客の一部と化すことを選んだのかは、なんとなく分かる。

(飢えてたんだろう。娯楽に)

「危険な集会でないかどうか、監視する」などというのは、多分、建前にすぎない。民衆を騙し続けている政府側の人間であるとはいえ……警察官も、この地球上で滅びを待つ人間だ。新聞、ラジオ以外のメディアがほぼ壊滅した状況では――今日のような体験は得難いものである。

「面白かったね」

月に照らされた帰り道、自転車を押す碧の横で、玉華は言った。

すでに刹那や正義とは別れた。玉華を家まで送るのは、いつもの通り碧の役目だ。彼女は時には鼻歌を歌い、時には碧の前に出て懐中電灯の光を浴び、時には畑から途切れなく聞こえるカエルの合唱に耳を澄ました。上機嫌だ。演劇がよほど気に入ったのだろう。

「特に、昔飼ってたオタマジャクシの魂に会うところとか」

「そうだな」

碧は懐中電灯で足元を照らしながら、自転車を押し、畑の間の農道を行く(自転車のライトは、こいでいるときと比べて弱々しく、安定しない)。しかし、彼は足元を見ているわけではなかった。彼は夜空に――人類が電気を手に入れる以前同様に鮮やかで、美しい夜空に目を向けている。その中の一点――赤い異物に目を向けている。

妖星デルタ。

「玉華」

玉華の話が途切れるのを待って、碧は切り出した。夜空の赤い点を見つめて、言った。

「ロケット、乗ったらどうだ」

「え？」

「刹那が言ってただろ。刹那と結婚する……ってのが現実的なのかは分からんが、一人くらいなんとかごまかして乗れるかもしれない。親戚ってことにするとか」

要は、関係者の家族になれば、方舟の乗組員になれるわけだ。たとえそれが、数年の延命にすぎないのだとしても。

「ああ、生き別れの姉妹ってことにするとか。ほら、ドラマとかでよくあるだろ。ドラマなんて、もうしばらく見てないけどな」

冗談めかして、碧は言った。しかしその実、内容は冗談などではなかった。碧はチラリと、横目を遣う。彼女は戸惑っているかと思ったが……そうでもなかった。黙って、落ち着いた目をして、碧の言葉を待っている。

そう。玉華は待っている。碧を見上げて、待っている。

碧は唾を呑んだ。続いて、舌で唇を湿らせた。心臓と肺が他人のものになったかのように、脈と呼吸が乱れる。碧はしばしためらってから、口を開いた。声が震えないように、細心の注意を払いながら。

「俺はお前に、死んでほしくない」

初めて、言えた。

ずっと伝えたかった。死に方を探す玉華を見るたびに。彼女が〝最期〟を語るたびに。彼女の意思に反するとしても。彼女の努力に水をさすことになるとしても。

それは、碧の心の、最も奥から出た言葉だった。

「……ありがとう」

月と星の明かりの下、玉華は切なげに微笑んだ。その表情を見ただけで、どんな答えが返ってくるのか、碧には分かった。

「だけど、私はこの地球を離れないよ」

「じゃあ、シェルターに行くのか？」

「ううん、シェルターにも入らない。私はここで、自由のまま死ぬ」

「……そうか。そうだよな」

「もちろん、最期にやることを見つけてからだよ」

「……ああ」

碧はまた空を見上げた。デルタの存在している空。もはや優しくはない空。この空の下では、碧はどこまでも小さい。

伝えるべきことは伝えた。一人で抱えていたものを手放した。そのせいだろうか。今、ちっぽけな碧は、胸の中が空っぽになっていた。ただし、あとにやってきたのはむなしさではなかった。

「ごめんね」

二人並んでしばらく歩くと、玉華がポツリとそう言った。

「私のために言ってくれてるのに」

「いいんだ。……ただ、伝えておきたかった」

「うん。ありがとう」

玉華はうつむいて言い、数秒後には顔を上げた。決して笑顔ではなかった。それでも彼女は前を向いた。

(それがお前の望みなら)

碧はしばし、暗がりの中でその横顔を眺めてから、やがて彼女と同じ方を向いた。懐中電灯、自転車の弱々しいライト、そして星月に照らされた農道を、二人は歩く。カエルの合唱の中を、歩く。

（……俺のなりたい自分ってやつが、やっと分かった）

空っぽになった胸に、新しく、温かい何かが入り込んでくるのを、碧はたしかに感じ取った。

（俺は……小松玉華の自由を守ってやれるような……見たい景色を見せてやれるような……

そんな天堂碧になりたい）

彼の想いは、今や未来に——最期の日々を玉華とどう過ごすかに向けられていた。

＊

「写真の現像ができました」

刹那はそう言うと、鞄から分厚い茶封筒を四つほど取り出し、床の上に置いた。空き教室の床には、今は作業がしやすいように新聞紙を敷き詰めてある（もちろん、闇市で買ったものではなく、碧の家にあったぼろぼろの古新聞だ）。滅亡地球学クラブの四人は、上履きを脱いでその上に座り、茶封筒を見下ろしている。

「写真っていうと、この前、四人で撮ったやつ？」

「そうです」

玉華の問いに答えながら、刹那は茶封筒の一つを持ち上げて振った。中から大量の印画紙が滑り出てきたが……それはもはや、記憶にあるようなまっさらなものではなかった。黒、あるいは灰色の絵の具を水に落としたときのような、さまざまな濃淡を持つ奇妙な模様があらわれている。

新聞の上に置かれているのを見ると、なんとなく、砂の上で擬態する水生生物のように見えた。

（たしか、全部で二百四十枚だったか。とすると、封筒一つあたり六十枚）

ジグソーパズルと同じだ。これだけ見ても、何がなんだか分からない。

「ではまず、A列の1番を探してください。そのあとはAの2番。次がAの3番。Aの12番までいったら、次はBの1番です」

「え、この中から？」

「いえ。封筒はほかに三つあるので、とりあえず全部出しましょう」

「うわあ……」

「頑張りますよ、玉華先輩」

刹那は淡々とした口調でそう言うと、ポンと手を叩いた。ほかの三人は顔を見合わせてから、それぞれ封筒を手に取り、新聞紙の上で、おみくじでもするかのように振る。もちろん、出てくるのは運勢を記した紙切れではなく、写真の断片たちだ。二百四十ピースジグソーパズルの開始である。

「Aの1ってどのへん？」

「左上の隅っこです。あ、写真は上下が逆さになっているので、実際は右下でしょうか」

「Aの4と5なら、こっちにあったぞ」

「思ったんですが、最初に列ごとに分けてしまって、一気に並べた方が効率が良いのではないでしょうか」

「ダメだよ、正義君。それじゃあパズルっぽくないでしょ」

「え」

滅亡地球学クラブとしての、最後の活動日だった。明後日にはシェルター行きのバスが各集合場所から出発し、学校という組織も晴れてお役御免となる。碧たちは話し合ったが、結局、お別れ会のようなものはしないことにした。だから彼らはここ数日を、やりかけの研究を完成させることに費やしている。いつもの日常——その延長。

碧たちは時間をかけて、まずは右の一列（A列）を完成させ、次にB列に取り掛かった。二列出来上がると、樹木の幹らしきものが見えてきたほか、地面の境界線がどこにあるのかも分かってきた。同じ調子で、C列、D列……。

「あ。これ、正義君の顔だね。ほぼ実物大かな」

「恥ずかしいので、あまり凝視しないでくださいよ」

「何かおかしいと思ったら……これは逆ですよ。向きが逆さまです」

「Pが最後の列ってことでいいんだよな？」

もっと効率の良いやり方があることは分かっていたが……結局、彼らは右端から一列ずつそろえていき、二百四十枚の写真を並べ終えた。一枚一枚は灰色のよく分からない模様にすぎなかったそれは、縦三メートル、横四メートルの巨大な写真となった。

「できたね、ついに」

玉華は床に敷き詰めた新聞紙の上——完成した写真を前にして、目を細めた。

大きすぎるため、少し距離を取らないと全体像を把握しにくいが……。藪に囲まれた狭い草っ原で、滅地部の四人が身を寄せ合ってピースサインをしている。玉華は満面に笑みをたたえ、刹那はいつもの無表情で玉華に身を寄せている。正義は照れているのか、ピースの指が若干折れ曲がっていた。碧は……口を笑みの形にしようとしているものの、写真というものに慣れていないため、ぎこちない。

小屋を丸ごと改造してまで撮った写真だ。家具を取り払い、内側をことごとく黒で塗りつぶした上で、光の入る隙間を徹底的に埋めた。長い時間をかけたのは、壁一面ほどの大きさを持つこの一枚を見るためだった。

だが。

「これさ……」

しばし巨大な写真を眺めていた玉華が、やがて口を開いた。

「結局、ただの大きな写真だよね」

(言っちまった……)

碧は頭痛を覚え、額を指で押さえた。身も蓋もない言いぐさである。

使用者のいなくなった小屋をカメラに改造し、巨大な写真を撮った。碧たちがやったことといえば、つまりはそれだけだ。写真だったら普通のカメラでも撮れるし、大きいからって何か御利益があるわけでもない。

しかしながら、玉華は満足そうだった。

彼女はその巨大な写真の周りを歩き、いろいろな角度から眺める。時には背伸びをして上から、時にはしゃがんで近くから。

「でも、こうしてみると、撮ってよかったなあって思うよ」

「そうだな。それは間違いない」

「僕も、カメラを作るところからやってみたかったです」

「作り方は刹那に聞けば分かるよ」

「はい。いくらでも解説しますよ」

「せっかく並べたし、写真に撮っておきたいね、これ」

「写真を写真に撮るのですか。さすが玉華先輩。素晴らしい発想です」

「まるで意味が分からんぞ」

　写真を眺めながら、四人はどうでもいい会話を気が済むまで交わした。中身なんてない。ただ、話していたかった。

　しかし、それでも徐々に会話は途切れ、ついには玉華以外にしゃべっている者がいなくなり……最後には玉華も黙った。正義が立ち上がり、教室の隅に歩いていく。

「では、次はこれです」

　正義は、掃除用具入れの横に立てかけてあった棒を持ち上げた。いや、正確には、丸めて棒状になった模造紙である。

「模造紙……。また闇市で買ったのか？」

「いえ、倉庫に放置してあったのを、拝借してきました。もう誰も使わないでしょうから」

「お前さんも、だんだん図々しくなってきたな」

「この前作った年表を、これに清書してしまいましょう」

　完成させた写真は巨大であるとはいえ、教室の床はまだ広さに余裕があった。正義は床に敷いた古新聞上――巨大写真の隣に模造紙を広げる。続いて、以前図書館で作った年表の下書きも。

「ただ清書するだけですから。本当は僕一人でもできるところなんですが」

「ううん、みんなでやろうよ。その方が楽しいし」

「玉華先輩の言う通りです」

「そうかもな」

四人はまた新聞紙に座り込んだ。歴史の資料集を模造紙と新聞紙との間に入れ、下敷きにすると、さっそく作業を開始する。

「全部書き写せばいいんだっけ？」

「そうです。要らない部分は、もう二重線で消してあるので」

「じゃあ、俺は『世界史』をやろう」

「私は『郷土史』の方を」

「私もそっちがいい」

「では、先輩は日付を書いてください。私が内容の方を書くので」

ボールペンを手に、それぞれが自分の担当範囲を清書していく。妖星デルタの発見。疑惑。暴露。世界暴動。そして内戦。激動の数年間を年表に書き込んでいく。古い方から、新しい方へ。一行書くごとに、現在へと近づく。少しずつ終わっていく。

シェルターへの避難の日が——つまり、逃げるか否かを決断する日が——二日後に迫っている。だから一つひとつ終わらせる。彼らにとって必要なことだ。胸が苦しくても、ずっと続けていたくても、終わらせなければならない。仕上げてしまわねばならない。

「ん？　なあ、正義。この印は？」

「すみません、忘れてました」

碧が、下書きの年表についた「※」の記号を指さすと、正義が立ち上がって、教室の隅に置いた鞄を持ってきた。彼は中から、プリントを何枚か取り出した。

「下書きを作ったあとのことですが、ほかにもいくつか、気になる記事を見つけたんです。それを図書館でコピーしまして」

「コピーした？　コピー機は使えないんじゃなかったのか？」

「でも、電話機だけはお金を払えば使わせてもらえました」

「電話でコピーはできないだろ」

「それが、できるんですよ。新聞を、図書館から学校に向けてファックスしたんです」

正義は数枚のプリントを模造紙の上に並べた。それはたしかに、新聞記事の複写である。ただし、普通のコピー機を使ったものと違って、解像度がかなり低い。画数の多い漢字の中には、つぶれて読めなくなっているものもあった。

それでも、内容を把握するのに支障はない。碧は素直に感心した。

「ファックス。その手があったか」

「途中で詰まったり破れたりしないか心配でしたが、なんとかなりました」

「ファックス代は部費から出すよ」

「ありがとうございます」

正義は礼を言うと、あらためてそのファックスを一枚一枚、見やすいように広げた。

「これは、世界暴動当日の様子をあらわす特集記事です。翌日は混乱のせいでまともな記事が出ませんでしたが、これらは数日遅れで掲載されました」

「でも、もう大まかな流れはまとめ終わっちゃったよね？」

「ええ。ですからあとは、この記事の中に何か目を引くものがあれば、三段目のメモ欄に書き加える、くらいがいいと思います」

「なるほどな」

碧はつぶやき、何気なくファックスを見下ろした。特集タイトルは、「火と叫びの中で」。炎上する建物や、拳やプラカードを天に突きあげる暴徒たちの写真とともに、細かい字でぎっしりと、当日の状況が記されている。碧の隣に座る刹那が、ファックスに手を触れ、その中の一文をそっとなぞった。

「これは……実際に暴動に巻き込まれた記者たちが書いたもの……とありますね」

（なに……？）

碧は即座に、刹那が示した一文を目で追った。暴動に巻き込まれた記者。たしかにそこには、彼女が言ったようなことが書いてあった。言われてみれば、写真の中にはいささか〝迫力がありすぎる〟ものが含まれていた。たとえばこれ、火炎ビンや金属バットを振り上げ、目を血走らせている被写体たち——この敵意はどこに向いているのか。答えは明々白々、目の前のカメラマンである。

（もしかすると……）

碧は無言のまま、ファックスをすべて拾い上げた。訝しげな顔をする三人を無視して、それらに目を走らせる。文章をすべて読むわけではない。彼が注目したのは、それぞれの記事の末尾。文責の名前。ともすれば見逃してしまいそうな、小さな主張。

ファックスは五枚あった。そして五枚目で、碧はその名前を見つけた。

「天堂涼子《りょうこ》」。

（……母さん）

碧は目を伏せ、しばしの間、黙って身を震わせた。そこにあるのは、世界暴動当日——大日本新聞のとある支社を襲った悲劇の詳細だ。出入口の近辺に築かれた即席のバリケード、バットで叩き割られる窓ガラス、エントランスに突っ込んだトラック……。読まなくても分かる。碧自身が目にしたから。

「そうか、これが」

(これが、母さんの最後の仕事か)

碧は五枚の記事を模造紙の上に戻し、元のように広げ直した。正義が不思議そうな目を向けてくる。

「どうかしたんですか？」

「……いや、なんでもない」

碧は少し考えてから、結局、何も言わなかった。玉華は真剣な顔をして、記事をじっと見つめている。刹那の表情はいつもと変わらない。

最初こそ衝撃を受けたが……次第に、気持ちは落ち着いていった。気付かないフリをしてきた古傷が、癒えていく。幼き頃の失《う》せ物が、今になって出てきたようなものなのかもしれない。今さら見つけたところで何かの役に立つわけではないが……心はたしかに、救われた。

多分、母は……。暴動のさなかだろうと、逃げずに使命を全うする。そんな人間になりたかったのだと思う。そして、なったのだと思う。

「……さ、続きをやろうぜ。とりあえず、俺らが読む間、正義はちょっと待っててくれ」

碧が促すと、玉華と刹那は頷き、それぞれファックスを手に取った。碧もあらためて、一枚を拾い上げる。母の書いた記事が載っているのとは、別のもの。避けたわけではない。読みたかったらあとでじっくり読めばいい。今は滅地部の活動が優先だ。

それに、これだけ知れれば、もう十分だ。

あの日、あの悲劇の現場で。母にはたしかに、仕事があった。使命があった。きっと彼女は、逃げればよかったと泣き叫びながらではなく、最後の最後まで記者として戦い、命を落とした。

ならば嘆くのではなく、誇ろう。

碧の心は、少しだけ軽くなっていた。

＊

――シェルターに行かない人は、役場前でバスに乗らずに、学校の裏にこっそり集合。

避難当日。玉華は授業開始前に滅地部を全員集めて、こっそりとそう告げた。いよいよなのだと、碧は嫌でも実感する。

四人だけの秘密を胸に抱えて。授業、自習、雑談、ホームルーム、帰宅、荷物の最終確認。時間は瞬く間に過ぎていった。

そして、いつもと変わらず日が暮れていく。地球は迫りくる死など気にせず、同じ速さで自転する。世界が色彩を失いゆく中、碧は町はずれの寺にある、墓地の片隅――とある墓石の前でうずくまっていた。セミの声があたりを満たしている。一分一秒を惜しむように、日暮れまでのわずかな時間を使って、力の限り鳴いている。

土埃にまみれた墓も多い中、碧の目の前にある墓石はきれいに磨かれていた。定期的に手入れされているというのもあるが……何より、まだ新しい。

碧には分かっている。墓石の下にあるのは骨だけだ。それはすでに生命を持たぬものであって、父と母ではない。代謝をせず、自己複製をしない――定義の上で正確に無生物だ。

それでも碧は、ひざまずき手を合わせずにはいられない。

これが、正義の言う生命の永遠性なのか。あるいは、刹那が言うエントロピーの増大過程なのか。碧は別に、知りたいとも思わない。

やがて、碧は立ち上がった。もちろん、碧がここで祈りに費やした数分間が死者の役に立つことはないわけだが、それでもかまわない。これはいわば、腹を決めるための碧なりの儀式だ。

滅地部のうち、ロケットに乗らない三人は、今夜自分の運命を選び取る。シェルターに行くか、それとも逃げるか。一時間後――日没直後がバスの集合時刻であり、そろそろ気の早い者たちは各々の集合場所に集まりはじめていることだろう。碧たちが指定されているのは熊田原町役場。

何か後ろめたいことでもあるのか、バスは暗くなってから出発する。理由は知らない。知りたいとも思わない。どうでもいいことだ。

祈りを終えた碧は、暮れ行く空を見上げる。星々の中で、太陽の残滓に負けぬほどの明るさを持つものは、すでに顔を出しはじめていた。碧はしばらく天をにらみ、南の空に奴を見つけた。不気味な赤い光点。妖星デルタ。

その光を見ても、以前ほど苛立ちはしなかった。もしかしたら、覚悟が決まったからかもしれない――。

背後から足音が聞こえたのは、そのときだった。碧が慌てて振り向くと、墓石の間の道に、おさげ髪の白衣の女が立っていた。刹那だった。

「……すみません、邪魔をしてしまいましたか？」

「いや。刹那も墓参りか？」

「ええ、そんなところです。……そのお墓は、もしかしてご両親ですか」

ことだろう。

「ああ」

刹那は静かに、碧の隣に歩み寄ると、しゃがみこんで手を合わせた。碧は手持ち無沙汰になり、自身ももう一度手を合わせる。セミや蚊の音が気にならなければ、厳粛な時間だったことだろう。

碧は、刹那と同時に立ち上がった。

「世界暴動。昨日のことみたいだ」

「ええ。あの日まで父は……デルタの軌道予測を家族にも隠していました」

碧は刹那を見た。その顔は暗く沈んでいた。

「……すみません、あの暴動は父のせいでもあります」

碧は彼女をじっと見つめた。彼女の眼鏡の奥の瞳を、覗き込む。以前の碧なら、そこに罪を探そうとしただろうか。彼女を責める口実を見つけようと、躍起になっただろうか。

刹那の父を殴り飛ばしてすべてが解決するなら、どんなに楽か。実際にはそんなことをしても意味がない。それでも刹那はうつむき、語った。

「衝突の事実を頑なに隠し続けなければ、あれほどの暴動は起こらなかったと思います。この墓地には、先輩のご両親のほかに何人も、あの日亡くなった方がいて……。せめて謝っておきたいんです。謝ってどうなるものでもないと、分かってはいるんですけど」

「そのために来たのか？　やめとけ。お前さんが謝ってどうするんだ。親の失敗と娘は関係ないし……そもそも、父さんと母さんを殺したのは暴徒だ。お前さんの父親じゃない」

　感情を向ける先を誤ってはならない。碧は胸の痛みをこらえて、踵を返した。彼女に背を向け、夕空を見上げる。

「そんな余計なものまで背負うなよ。自分のことだけだって大変だろ？　なにしろこれから宇宙に行くんだからな」

「先輩……」

「ロケット基地に行くのは明々後日《しあさって》だったか？　今日はまだ時間があるなら、このあと正義の家に寄っていかないか。これで本当に最後だから……」

「碧先輩」

　背中に届いた刹那の声が、碧の言葉を遮った。振り返ると、碧の目は、刹那の思いつめた目とかち合った。

「私も地上に残ります」

　碧は耳を疑った。本当に聞き間違いだと思い、脳内で、似た言葉をいくつか探してみたほどだ。残ります。地上に。地上に残ります。

「……冗談はよせ」

「冗談ではありません。私は今夜、家から抜け出します。二度と帰るつもりはありません」

「せっかく拾った命だろ」

「拾ってなどいません。宇宙で待っているのは餓死か事故死ですから」

「そうかもしれないが……。ほら、地球も死の星にまではならないかもしれないだろう。星の形が変わっちまっても、何か奇跡が起こって、生物がぎりぎり棲める環境が残るかもしれない。そうなりゃ、餓死の前に戻って来られる」

「それでも、滅地部のみなさんは死んでしまいます。だったら、生き残っても仕方がありません。みなさんと死にます」

「刹那……」

「それに、父は全人類を裏切りました。そんな人と同じ宇宙船に乗るなんて、耐えられません」

普段は表情の変化に乏しい刹那だが、今はその両目が潤んでいるように見えた。

「……玉華は反対するだろうな」

「先輩はしないのですか？」

「俺は……」

反対だ、と言いかけて、碧は口をつぐんだ。今までだったら、生きる手段があれば試すべきだと、迷わず断言していただろうが……。

悩んだ挙句、碧はポツリと言った。

「……分からないな」

「え？　なんというか、意外です」刹那は眼鏡の奥の両目を、少し見開いた。「先輩だったら、こういうときは絶対に、天地がひっくり返っても反対すると思ったのですが」

「俺を何だと思ってんだ」

「いったいどうして？」

どうして。もっともな疑問だ。理由は複数あるのだと思うが……多分一つは、あの観劇の日の玉華とのやり取りを経て、碧の心の奥の方で、何かが変わったからだろう。玉華の想いを肯定した碧にとって、刹那の選択は、もはや否定できるものではなくなっていた。

それを端的に説明しようとしたが、一言でまとめるのは難しかった。ゆえに碧は、こう言った。

「なりたい自分が見つかったんだよ」

「なりたい自分……」

「だから刹那にも、なりたい自分を目指して……やりたいようにやってほしいんだ」

碧は、自身の願いを語った。押し付けになってしまわないように、慎重に言葉を選んで。

「親と一緒が嫌だから、とか、そんな消極的な理由じゃなくてな。自分の気持ちに従った結果なら、地上にいようが地下にいようが、火星に行こうが土星に行こうがかまわない。まあ、俺個人の考えだが」

「……」

刹那は返事をしなかったが、それは拒絶の表明ではなく、熟慮の沈黙に思えた。

空が暗くなっていく。碧は建ち並ぶ墓石を見回し、最後に両親の墓に目を向けた。気持ちの整理はついた。もうここを訪れることもないだろう。

(じゃあな、父さん。母さん)

碧は数秒間目を閉じ、また開いた。

(俺にもやっと分かったからさ。立派に、やり遂げてみせるよ)

「……さて、俺はもう行くぜ」

「はい」

「それから、玉華の意見も聞いてみたらどうだ」

「……そうですね」

碧が歩き出すと、刹那はしばし迷ってから、結局墓にはとどまらず、碧のあとを追ってきた。無生物でしかない墓石をあとに残して、二人は墓地を去る。

碧と刹那は、正義に別れを告げるため、彼の家へ向かった。彼は家族とともにシェルターに行くだろう。そして、少なくとも今日に関して言えば、出発する滅地部員は正義だけで、ほかの三人は町に残る――。碧はごく自然なこととしてそう考え、信じて疑わなかった。

けれども。

避難バスに乗るための集合時刻であり、滅地部の集合時刻でもある、午後七時半。

ごく自然な予想は裏切られた。

玉華は、碧と刹那の待つ学校裏に、来なかった。

＊

缶詰、飲料水、電池、着替え、櫛、手鏡、歯ブラシ、石鹸、ノート、ＩＣレコーダー……。

玉華は自室にこもり、リュックに必要なものを詰め込んでいた。窓から射し込む西日が部屋を照らし、約束の時間が近いことを告げていた。

(正義君はシェルターに行くから……やっぱり、来るのは碧だけかな。でも、刹那もあんまり、ロケットに乗りたそうじゃなかったしな……どうするんだろう)

玉華は、なかなかしまってくれないリュックのファスナーと格闘する。

政府の命令に背いて逃亡するのだ。最低でも一昼夜は身を隠すことになるだろう。滅地部の活動に必要な道具のほかに、生活必需品も持っていかなければならない。体重をかけて中身を圧縮し、彼女はようやくファスナーをしめることに成功した。

「玉華、ちょっといいか」

ノックとともに、父の声がしたのはそのときだった。「いいよ」と答えて、玉華は床に座ったまま、重たいリュックにもたれた。父がドアを開けて、遠慮もなく部屋に入ってくる。

「荷造りは済んだのか」

「うん。すっかり」

玉華は部屋の中を見回した。父は、玉華がシェルターへ行くための荷造りをしていると思っているのだろうが、逃亡の際と避難の際、持っていくものは大して変わらない。わざわざ何かを隠す必要もなかった。机の上には教科書やノート、本棚にはたくさんの漫画が残っているが、置いていっても不自然ではない（ただし実際には、お気に入りの漫画を一冊、リュックに入れてある）。ドレッサーやベッドなどについては、リュックに入れるにはいささか大きすぎるので、これも置き去りにしてしかるべきもの。

最後に玉華は、部屋の隅にチラリと目を向けた。そこには透明なプラスチックケースが置かれており、中には苔《こけ》付きの石ころ、木の枝、蛍。心苦しいが、これもしばらく放置するしかない。戻ったらまず湿度をチェックして……。

玉華の思考は、すでに逃亡成功後のことに移ろうとしていた。

ところが。

「玉華、これは素朴な疑問なんだが」探るような口調で、父が切り出した。「お前は今夜、どこに行く？」

心臓が強く拍動した。玉華は視線を逸らしかけてから、強いて父に向き直った。

「シェルターだよ、もちろん」

「そう、シェルター。当然だな」父はゆっくりと、首を横に振る。「ならばなぜ、国民カードを置いていく？」

「そんなことない、持ってるよ」

「お前のカードは、ここにあるんだ」

玉華の声にかぶせるように、父は言った。ポケットから取り出したのは、たしかに玉華の国民カードである。玉華は息を呑み、自分の机を見やった。

カードは引き出しの中にあったはず。それを父が持っている。その意味に思い至り、玉華は口元をゆがめた。

「これは命綱だ。『ついうっかり』で忘れるようなものじゃない」

「最低だね」

　玉華は父を罵ったが、無意味なことだった。配給は今後シェルター内でしか行われなくなるから、シェルターに行かない玉華にとって、カードは無価値となる。ゆえに、持っていくという発想がそもそもなかったのだ。

　しくじった。慎重に行動してきたはずだったが、いったいいつ勘付かれたのか。

「……知らないの？　シェルターに入っても入らなくても、全員死ぬんだよ」

「そんなことを話しているんじゃない」

　父は玉華をじっと見つめていた。ドアの外から足音が聞こえ、父の背後に母が現れる。

「お母さん！」

　藁にもすがる思いで、玉華は叫ぶ。しかし母は無言だった。当然である。母娘二人きりならともかく、父がそばにいる場合、母は常に父の味方だ。母の目は潤んでいた。

「また無意義な時を過ごしたくはないだろう。家族といるのがお前のためだ」

　断固とした調子で父は言う。玉華は逃げ道を探した。ここは二階。ドアはふさがれ、相手は大人二人……。

＊

「……家族で避難したみたいですね」

「そうらしいな」

碧は刹那に同意した。二人の声は夜の闇に溶ける。身体の真ん中を冷たい風が通り抜けていく。

玉華の自宅は、周囲の他の民家同様に、すべての明かりが消えて静まり返っていた。放棄された住宅には、死して抜け殻となった肉体に似て、ある種の不気味さが宿るものだが……目の前の小松家にもそれがあった。

今ごろ、何十台、あるいはもっと多くのバスが町に残っていた人々を連れだしていることだろう。その中に正義とその妹もいる。驚いたことに、玉華もいる。

月は雲に隠されており、辺りの暗さは余計に増していた。

「気が変わったのか」

「……家族と話したのかもしれませんね」

しばし黙ってから、刹那が言う。はたして彼女は、自分自身の言葉を信じられているのだろうか。

――シェルターにも入らない。私はここで、自由のまま死ぬ。

碧は戸惑っていた。あの言葉は何だったのか。いや、自由に振る舞うのであれば、シェルターに行くのも当然自由だ。わざわざ碧や刹那に断りを入れる必要もない。玉華らしくないように思えるが……挨拶する時間がなかったのだとすれば、一応、つじつまは合う。

とにかく玉華は、碧たちではなく家族と過ごすことを選んだ。玉華にしては妙な行動。世間的には普通の行動。

(あんな親でも、家族は家族、ってことか)

彼は二階――玉華の部屋に懐中電灯を向けた。もう合図が返ってくることはない。

「……仕方ないこと、だな。シェルターなら外よりは……たとえ数分でも長生きできる可能性がある。理想的な選択……そう、理想的だ」

「これからどうしますか？」

「受け入れるしかない。滅亡地球学クラブも、残り二人だ」

「碧先輩が部長ですかね」

「部長代理ってとこだな。最初の活動は……そうだ、延期になってた旅行だ。車はつかえないが、自転車でどこか行くか」

碧は無理に笑った。刹那は落ち着いて見えたが、それは表面上のことで、やはり動揺しているには違いない。ひどくむなしかった。人生があと一か月続くことが恐ろしかった。

なりたい自分を見つけた。玉華の願いをかなえたいと思った。

しかし、そう意気込んだそばから、彼の行く道は閉ざされた。

「……行こう」

碧はしばし悩んだのち、言葉を絞り出した。重たい足を動かし、玉華の家から離れかける。

ちょうど、そのときだった。

視界の隅に、小さな黄緑色の光点を見つけ、碧は足を止めた。

「まさか……蛍？」

すぐ近くに水辺があるならともかく、このようなただの住宅街に、蛍がいるはずがなかった。碧は訝しみ、光点の方——玉華の家の玄関に近づく。ドアの傍《そば》に、透明なプラスチックケースが置かれているのが目にとまった。迷子になった星屑のように。儚《はかな》い光が、ケースの中で瞬いている。

刹那も碧の後ろから、ケースを覗き込む。

「蛍、ですか？」

「ああ、蛍だ」

碧は頷いた。フタは開いており、メスはケースの中で光り、オスはケースの近くを飛びまわっている。ケースには苔付きの石ころや木の枝などが入れてあり、蛍の産卵環境のミニチュアが出来上がっていた。

「玉華の奴、結局採って帰ったんだったか」

碧は雲に半ば覆われた夜空を見上げ、記憶をたどった。あの日は、刹那の告白の件があったものだから、そのほかのことにあまり注意がいかなかった。碧が気付かなかっただけで、玉華は蛍を捕まえていたのだろうか。それとも、後日あらためて足を運んだのだろうか。

いずれにせよ、このケースを見る限り、玉華は気まぐれで蛍を持ち帰ったわけではないようだ。これは、碧が以前教えた通りの飼育方法であり、きちんと蛍を世話するつもりでいたことがうかがえる。

しかし当然ながら、蛍をケースごとシェルターに持っていくことはできない。

「持っていけないから、仕方なくここに放置したわけか」

理屈は分かる。が、そこには確実に違和感が存在していた。碧はケースのそばに膝をつき、中に目を凝らす。懐中電灯の光が直接当たらないように注意しつつ、観察する……。

「……ん？　おい、これは」

「どうかしましたか？」

「見てみろ」

碧はケースの中を指さした。苔の生えた石ころ。そして、メスの蛍のほかに、苔の中に産み付けられた小さな小さな卵が、かろうじて見える。

「これは卵だ」

「卵、ですか」

「間違いない。玉華は、俺の説明した通りのやり方で飼育している。となると、やっぱりおかしい」

「碧先輩の言う通りにしていることの、どこがおかしいんですか？」

「ここまできちんとやっているんだ。飼育をやめなきゃいけないときも、俺の言ったことを守るはずだ。卵は必ず、元の水辺に戻すこと。俺はたしかにそう言った」

碧はさらに、注意深く苔の中を観察した。卵は一つや二つではない。玉華が気付かずに放置したとは考えにくい。

とすると。

「……親か」

最悪の可能性に思い至り、碧はつぶやいた。刹那の表情も、瞬時に緊迫する。

この蛍を玄関前に出しておいたのは、玉華本人ではない。本人でないとすると、親しかいない。では、蛍たちの生命にかかわる重大事を、玉華ではなく親が担当した理由は何か。玉華が何も言わずにシェルターに行くことにした理由は何か。あの親は玉華に対し、これまでどんなふうに振る舞ってきたか。

「でも……まだそう決めつけてしまうのは早計かと。たまたまうっかり、先輩の言いつけを忘れてしまっただけかもしれません。単純に時間がなかったという可能性も……」

「だったら、たしかめるだけだ」

碧はもう、一秒も迷わなかった。碧のやりたいこと。なりたい自分。

少なくとも、ここでぼんやり拱手《きょうしゅ》傍観しているような天堂碧には、なりたくない。なってたまるか。

「どいてろ」

「せ、先輩……？」

碧は玄関から家の側面に回ると、ついてきた刹那を、手ぶりで下がらせた。懐中電灯で庭を照らし、植木鉢の一つを持ち上げる。彼の目の前には、カーテンの閉まった窓ガラス。開放感のある大型の窓。この向こうは、おそらく居間。

碧は下腹に力をこめ、植木鉢を振り上げ、振り下ろした。

ガチャンッ
窓の一部が砕け、カーテンが揺れる。碧は指を切らないように慎重に、隙間から手を入れた。ロックを解除し、窓を開ける。

「先輩、これはさすがに」

「シェルターに行ったなら、どうせもう帰ってこないんだ。かまうもんか」

刹那は若干ためらいつつも、結局、碧に続いて居間に侵入した。二人は靴を履いたまま上がり込むと、懐中電灯で室内を照らす。光に追われて闇は逃げ惑うが、またすぐに元の場所へと戻ってくる。

ソファ、テレビ、エアコン、観葉植物……。争ったような形跡はない。

碧は部屋という部屋に次々に踏み込んだ。キッチン。風呂。トイレ。和室。両親の寝室。書斎。そして、最後のドアを開けた先が、玉華の部屋だった。

碧はためらうことなく、懐中電灯で暗闇を払う。漫画がぎっしり詰まった本棚。教科書類が積み上がり、お世辞にも整理整頓が行き届いているとはいえない勉強机。木彫りの熊やミニ東京タワーなど、場違いなものばかりが置いてあるドレッサー。特に目立っていたのは机のそばの壁にあった貼り紙だ。全部で五枚か六枚あり、どれも大量の文字で埋め尽くされている。「牛の飼育」「山小屋花火」「終末バードウォッチング」……。一見すると意味不明な単語が数百も羅列されており、ほぼすべて斜線で消されている。「山小屋カメラ」や「終末史調査」など、わずかな例外にのみ赤丸がつけてある。

すなわち、玉華が碧たちに提案した活動内容。斜線が引かれているのは、彼女が自分で没にした案だろうか。

そして。

貼り紙のうち一枚には、斜線や赤丸がついた単語のほか、一番下にこう書かれていた。

――楽しい部活になりますように。

(気まぐれでも思いつきでも、なかったのか。あいつはこんなに考え抜いて……)

碧は、貼り紙に懐中電灯を向けたまま硬直してしまった。茫然とした数秒間。だが、じっくり眺めている時間はないことをすぐに思い出す。彼は我に返ると、もう一度部屋の右から左まで、懐中電灯で照らし出した。

机にもドレッサーにも、ごちゃごちゃと物が置いてあるが、それはきっと普段からだろう。特に争ったような跡があるわけではない。今のところ、不自然なのは玄関前に置かれていた蛍のみである。刹那が言う通り、玉華が無理やりに連れていかれたと結論付けるには、判断材料が足りない……。

(……ッ!　いや、こいつは……!)

碧は息を呑み、机の上に懐中電灯を向け直した。よく見れば、そこにあるのは教科書やノートだけではない。分厚い大型封筒が置き去りにされているのだ。碧はそれを手に取った。

「刹那。この封筒、見覚えないか?」

「これはもしかして……私が写真を入れてきたもの……?」

「だろうな」

碧は封筒に指を入れ、中から一枚の厚紙を引っ張り出した。……いや、懐中電灯の光の中に浮かび上がったそれは、決してただの厚紙ではない。これ一枚では、灰色の絵の具をこぼしたような奇妙な紙にしか見えないが……それは巨大な写真の一部だ。二百四十枚のうちの一枚だ。

山小屋カメラ——滅地部の発明品を使って撮った、集合写真。

空き教室で一度並べたあと、彼らの絆《きずな》の証として、四等分したはずだった。

「置いていくはずがない」

碧は確信を持って言った。もはや、刹那も異を唱えようとはしなかった。彼女は碧から封筒を受け取り、両手を震わせている。それは困惑か、それとも怒りか。

「玉華は、無理やり連れ去られたんだ」

「……そのようですね」

「助けに行くぞ」

「お供します」

8章

町が避難する日

政府が「熊田原町C班」の輸送のために用意した数十台のバスは、暗がりの中を連なって進んだ。巡礼者のごとく。

車道に他の車はまったく見えない。生きた街灯はなく、月は雲に隠れている。各々の放つ光だけが頼りで、大きな速度は出せなかった。いったいなぜ、明るいうちに移動を始めなかったのだろうか。「避難民がシェルターに一気に押し寄せないように、市町村ごとに出発時刻をバラバラにしている」とか、「授業や仕事が終わる時間まで待っただけだ」とか、いろいろな噂話が耳に入ってきたが、正義は深く考えないことにした。

バスは林に挟まれた狭い道を進んでいったが……急に開けた場所に出たと思ったら、ことごとく停車した。休憩……ではなく、どうやら新しい避難民を乗せるためらしい。窓の外に目をやると、懐中電灯の光があちこちで乱舞している。少なくとも数百はありそうなそれらの光の向こうには、ずんぐりとした巨大な何かがうずくまっているように見えた。就寝中の怪獣でないとすれば、建物だろう。自然豊かな周囲の様子から、運動公園に併設された体育施設の類ではないかと、正義はあたりをつけた。

とすると、ここはその施設の駐車場だろうか。

「しばらくかかりそうだね」眠った光彩を優しく抱いた母が、後ろの席から言った。「外の空気、吸って来たら？」

「いいよ、別に」正義は振り返り、妹の幸せそうな寝顔をしばらく眺めた。そして再び外に目を向ける。他のバスでは、避難民たちが順番に、乗降口で係員に国民カードを提示してスキャンを受けていた。正義たちの乗るバスの前にも、避難民たちが集まってきているから、おそらく間もなく受け入れが開始されるのだろう。現在の車内は、補助席も含めて三分の一が空席になっている状況で、みんな後ろ側に詰めて座っている。動物のケージを膝に抱えた人がかなりいた（ペットの持ち込みは一家族につき一匹までと規定されている。が、二匹以上を飼育している人も、知人に持ち込みの代行を頼むなどしているらしい）。

通路をふさぐ形で補助席まで使用しているくらいだ。おそらく席は、最終的にはすべて埋まるのだろう。はたして乗客の何人が真実を知っているのか。シェルターという名の監獄。外の空気は、二度と吸えないかもしれない。

彼らは、やり過ごせただろうか。

正義はふと、三人の仲間のことを思った。窓に映った自分の顔は、ひどく陰気くさかった。長い前髪に半ば隠れた両目に力はない。名残り惜しさか、寂しさか、むなしさか。彼は自分の顔を意識の外へ放り出し、窓の外に集中しようとした。そうしたところで、特別な何かが見えるわけではない。地面と、揺れ動く懐中電灯の光があるだけで……。

「ん？」

正義は眉根を寄せた。ランダムに揺れている懐中電灯の光。その中に、規則的に明滅するものがあったのだ。かなり遠く、弱々しい。じっと目を凝らすと、どうやら駐車場の外の林の中で光っているらしいと分かった。その明滅パターンには見覚えがある。

（「緊急事態」……？）

正義の脳は、その暗号通信を無意識のうちに解読した。そして狼狽した。滅地部の三人のうち、碧と刹那は出発前に挨拶に来たから、間違いなく町に残ったはずである。玉華に関しては、シェルターになど絶対に入らないであろうことが、わざわざ訊かずとも分かる。

とすると、「熊田原町C班」と分類されたこの避難民の群れの中にいる滅地部は正義だけ。では、あの明滅は何だ。誰かが「緊急事態」の信号を滅地部から聞いて知っていて、それをこの場で試している？　いや、このいわゆる「メール」は滅地部の間でのみ共有されている暗号だったはず。だったら、単なる偶然……そうだ、その可能性が一番高いだろう。暗号を発信する意図などないにもかかわらず、懐中電灯の電池が切れかかっているか何かして、たまたま「緊急事態」の明滅パターンを再現してしまっただけ……。

しかし、そんなことを自分に言い聞かせている間も、「緊急事態」の信号は繰り返される。二度、三度、四度……。「偶然」などという言葉では片付けられないほど、執拗に。

正義はたまらず立ち上がった。隣席の父が、驚いて問う。

「ど、どうした？」

「やっぱり、ちょっと行ってくる」

　空気を吸いに。そう言い添えようとして、やめた。父も母も、正義のただならぬ様子を即座に感じ取ったらしく、緊迫した表情をしている。下手にごまかさない方がいい。

「何があったんだ」

「もしかしたら思い過ごしかもしれない。でも確かめないと」

　正義は窓の外をにらみ、言葉を切った。なんと説明すべきだろう。今まさに家族そろって苦難の道を歩もうというときに、たった一人でどこへ、何をしにいくのか。

　しばし考えたのち、やがて彼は、一言だけを付け加えた。

「光があるうちに」

「……そうか」

　止められると思っていた。しかし予想に反して、父は何も訊かなかった。その選択を理解はせずとも、受け入れてくれた。

「しっかりやってこい」

　正義は頷き、妹の頭を優しくなでた。そのとたん、母の腕の中で眠っていた光彩は「うえぇ……」と小さな泣き声を上げる。正義は慌てた。が、光彩は口をもぐもぐ動かしてから、結局、また寝息をたてはじめた。

正義はホッとした。そして、補助席に座る乗客にどいてもらいながら、バスの乗降口へと向かった。


「玉華が連れ去られた」

通信に気付いてやって来てくれた正義に、碧は端的に告げた。木々の間からバスや懐中電灯の光が見える。駐車場では、無数の人影がバスの周りに群がり、蠢《うごめ》いている。

正義が息を呑む気配が伝わってくる。

碧、刹那、正義の三人は駐車場の外側——雑木林の中で向かい合っていた。碧と刹那は全身埃と汗まみれで、碧の夏用制服、刹那のシャツには木の枝や葉が大量についている。無茶なルートを走り抜け、彼らをここまで運んできてくれた自転車二台は、木に立てかけてあった。

消えた玉華。不自然な蛍。置き去りにされた記念写真。碧は自分たちの推測を語って聞かせた。最初は、正義は半信半疑のようだった。しかし話を聞くうちに、彼の目にも怒りの火が宿る。

「そんな……自分の娘の想いを踏みにじるなんて……！」

「俺の不注意だ。もっと気を付けておくべきだった」

碧は、顔の周囲を飛ぶ藪蚊を追い払おうと手を動かしていたが、キリがないのでやがて諦めた。

「多分、あのバスのどれかの中で、玉華は親に監視されてんだろう。シェルターの中に入っちまえば、もう手遅れだ」

「どうしますか？　これだけバスがあっては、玉華先輩を探すだけでも一苦労です」

刹那はバス群を、続いて空を見上げる。風が吹き、満月に近い月が顔を出そうとしていた。月の周りの薄い雲は、光源に近いところは白、その外縁部は飴色に染まっている。焼き魚の目玉を思わせる、気味の悪い色合いだった。

「厄介ですね。明るくなれば、バスは速度を上げるかもしれません」

「そうなったら、自転車じゃ無理か」

碧は木に立てかけてある自転車をチラリと見た。シェルターの所在地は役所から来た通知書に記載されていたから、バスが通る道筋を予測するのは割と簡単だ。彼らは地図を見ながら、自転車だからこそ通れる狭く険しい近道を経て、ここまで辿り着いた。しかし、それでなんとかなったのは、バスがスピードを上げなかった上に、こうして途中で動きを止めてくれたから。

次にバスが走り出したとき、はたして追いつけるだろうか？

追いついたところで、玉華を救い出す手段はあるだろうか？

ゆっくりと考えている暇はない。彼らには時間がない。

(時間がない？　そんなの、今さらだ)

心の中で、碧は自分自身を叱咤《しった》する。

(残ったわずかな時間、燃やし尽くすって決めただろうが)

「とにかく、ここで止まってくれたのはラッキーだ。どうにか方法を考えないと」

「碧さん、本気で助けるつもりですか？　誘拐ですよ」

「誘拐したのはあっちだろ。……といっても、政府への反逆には違いないが」

碧はそこで言葉を切り、暗闇の中、正義の目を真っすぐに見据えた。今、碧はこの後輩を犯罪に巻き込もうとしている。ごまかして協力させることは可能かもしれないが、そんなことをすれば、碧は胸を張って玉華に会うことはできないだろう。

正義には妹がいる。

彼の「なりたい自分」を、粉々にしてしまうわけにはいかない。

「正義、無理に手伝えとは言わない」ゆえに碧は、正直に伝えようと思った。「もし捕まったら、シェルターよりもっとひどいところにぶち込まれるかもしれない。そうなったら妹とは二度と……」

「よしてください」

ところが、正義は碧の言葉を遮った。いつもの謹厳実直な口調だった。

「玉華さんには恩があります。それに、あなたが口にするべきは、そんな言葉じゃないはずです」

「……そうだったな」

碧はうつむいた。数秒間、正義への感謝の気持ちをかみしめてから……顔を上げる。

「正義、頼む。手を貸してくれ」

「ええ、もちろんです」

二人はどちらからともなく手を差し出し、がっちりと握手した。こうなったらもう、話はシンプルだ。玉華を助けるためだけに、思考のすべてを振り向ければいい。

「正義。玉華の場所、見当つくか？」

「それぞれの係員が把握しているはずです。乗客のチェックに使っているタブレットがありまして。おそらく、そこにデータが」

「なるほど。ちなみに、こっから先でバスが停車する予定は？」

「それは……知らされてないんです」

「そうか。……刹那、仮にバスが発車しちまったとして、こっちも移動速度を上げる方法はあるか」

「考えます」

「頼む」

碧は、木々の間からそっと駐車場を窺った。次々とバスに乗り込む避難民。彼らをチェックする係員。列は徐々に短くなってきている。風が枝葉をざわめかせ、刹那のおさげを揺らす。

「やるぞ。部長を救い出すんだ」


(……とは言われたものの)

二人と別れ、単独行動を開始すると、正義はとたんに不安になってきた。人々は実体を失った影法師のようで、バスの前で律儀に列を作っているさまがなんとも不気味だった。その列をよけて、正義は進む。一台一台、バスの前を通っていき、暇そうな係員を探して目を光らせる。

バスの外には、乗車を待つ人々のほかにも、煙草を吸っている人、知り合いと立ち話をしている人、単にぶらぶらしている人なども少なくなかった。歩いているだけで怪しまれる、ということはなさそうで、その点は安心する。

係員のことは詳しく知らないが、きっと公務員なのだろう。役場に集合してバスに乗り込むときから、一貫してこの大移動を取り仕切っている。青っぽい作業着姿であり、タブレットでバスの乗客を管理している。バスに乗り込むときは、事前に指定されたバスの前で、彼らに国民カードを提示する必要があった。

となると、各タブレットには、どの人間がどのバスに乗っているか（あるいはこれから乗るか）が記録されているはずだ。玉華が乗るように指定されているバスも、調べることができるはず。

問題は、係員がそんな個人情報を、道でも尋ねられたときのようにほいほい教えてくれるかどうか、である。

怪しまれた場合、こちらの国民カードを提示するように要求されるかもしれない。碧と刹那では、バスに乗らなかったことがバレてしまう可能性がある。ゆえに、正義がやるしかない。どんな理由をでっちあげることになろうと、とにかく玉華の居場所を聞き出さねばならない。

嘘を吐くのは苦手だ。

だが、やらねば。

（……どうにでもなれ！）

正義は腹を決めた。ほぼ同時に、乗客の列が途切れたバスを発見する。そのバスの担当らしい係員は――暇かどうかは分からないが――乗降口の横で、一人で平べったいタブレットを眺めている。正義は三回深呼吸してから、駆け寄った。

「あの……すみません」

作業着姿の係員は、顔を上げて眉をひそめる。

「何か？」

「ええと、実は……従姉《いとこ》のバスが分からなくなってしまいまして。どれに乗っているか、調べられませんか？」

「自分のバスは？」

「それは分かります」

「もうすぐ出発だ。シェルターに着いてからにしなさい」

すげない態度だった。他のバスでも、乗車を待つ避難民たちは刻々と減っていっている。

夜空では、雲のヴェールを風に取り払われて月が姿を現し、係員の厳しい顔を照らしはじめる。正義は一瞬ひるみ、グッと下腹に力をこめて踏みとどまった。

「い、従姉は病気でして」

正義は、用意しておいた嘘を並べ立てた。ポケットから、くしゃくしゃの白い袋を取り出す。

「僕が薬を持ったままはぐれてしまったんです。届けてあげないと」

係員が面倒くさそうに、懐中電灯を袋に向ける（まぶしかったが、正義は文句も言わずに我慢した）。正義が持つのは、本物の内服薬の袋である。一度自分のバスに戻り、取ってきたものだ。母の名前が書いてあるのだが、そこは指で隠しておいた。

心臓が早鐘を打っている。嘘を見抜かれ、取り押さえられるのではないかと気が気ではない。いや、取り押さえられはしなくとも、怪しまれた時点でアウトなのだ。この数十台のバスの中から玉華を探すには、係員の力を借りるしかない。

係員はしばし考え込んでいた。緊張でのどがひりひりして、地面がぐらぐらと揺れているような錯覚に襲われた。永遠にも思える数秒ののち、係員は懐中電灯を下ろした。

どうやら中学の制服と、なよなよした彼の容貌が幸いしたらしい。

係員は、おもむろにタブレット上に指を滑らせた。

「……イトコの名前は？」

「玉華……小松玉華です」

「国民カードの番号は？」

「えぇと、メモしてあります。……299のGCRの118のDです」

「……四番バスだ」

「ありがとうございます！」

正義は頭を深く下げると、上げる前にもう走り出していた。下手なことを言ってしまわないうちに、さっさとこの場を離れる。係員に背を向けて、ひたすら駆ける。今にも背中に手が伸びてきて捕まるような気がして、心臓が縮む思いだった。が、幸い、追いかけてくる者はいなかった。

（やった、やった……うまくいった……！　四番バス……四番バス……四番、四番……！）

万が一にも忘れぬように、正義は心の中で呪文のように繰り返す。たしかにバスの数は多いが、ご丁寧にほぼ番号順に駐車してあった。正義は闇の中、人影をうまくかわしつつ走り抜けた。

八番、七番、六番、五番……四番。

正義はフロントガラスに貼られた「4」という数字を見て、小さくガッツポーズする。

ところが。

「……そういうことなら、渡しておこう」

「いや、大事なものだから直接……」

「ダメダメ。規則なんだ」

四番バスの乗降口で、係員に止められてしまった。すでに四番バスは満席になっているようで、バスの前に並ぶ人は一人もいない。あとはこの係員が乗り込めば、出発準備は完了、というわけだ。

正義は焦った。薬などただの口実であり、直接話せなければ意味がない。正義は、玉華の両親に顔を知られていないはずだから、接触さえできればなんとかなるかもしれないのに……。

正義は玉華の姿を求め、必死で窓に目を凝らした。しかし、乗降口がある側面から見ただけでは、彼女を見つけることはできなかった。

正義は迷った。

そして二秒後に意を決した。

「姉さん！」

従姉とか、薬とか。嘘の設定などこの際どうでもよかった。バスの乗降口に向かって、正義は叫ぶ。驚く係員が何か言う前に、叫ぶ。

「あとで会いに来るから！　生物と物理と哲学の教科書、持ってくる！」

言い終えると、彼は何事もなかったかのように踵を返し、歩き出した。あえてゆっくり、

《何も後ろめたいことはありません。これから自分のバスに帰ります。何か問題でも？》という雰囲気を全身から醸し出すよう努力しつつ。

心臓が破裂しそうだった。震える足を、一歩、二歩、三歩……前に出していく。

係員は追ってこなかった。

しかし、それは正義の言動に怪しむべきところがなかったからではない。

「出発します！　外にいる人はバスに戻ってください！」

一番バスの方から声がした。そのとたん、外をぶらついていたいくつもの人影が、慌ただしく動き出した。ある者は煙草を踏み消し、ある者は会話を打ち切る。足音が入り乱れ、懐中電灯の光が交錯する。人々は、巣に逃げ帰る小動物のように、自分のバスを目指す。もはや、不審人物の一人や二人、追いかけていられるような雰囲気ではなかった。

正義は自身の懐中電灯の電源を切って、闇に紛れた。

＊

「四番バスにいるのは、間違いないはずです。ただ、乗降口の方からでは姿は確認できませんでした」

「とすると、席は反対側かもな」

「メッセージも聞こえたかどうか……すみません」

「いや、収穫は十分だ」

「でも、なぜ玉華さんのカード番号を知ってたんですか？」

「あらゆる危機に備えているからだ」

「へ、へえ……」

　碧と正義が、自転車をこぎながら早口でやり取りする。例の駐車場を出てから、迂回するバスを尻目に、運動公園を突っ切った。現在、彼らはバス群よりも前を走っている……が、油断していればすぐに追いつかれ、追い抜かれるだろう。二人は必死にペダルを踏む。森に挟まれた暗い道を、二台の自転車が疾走する。

　一方、刹那は碧の自転車の後ろにまたがり、月明かりを頼りに地図をにらんでいた。片手で碧にしがみつきつつ、指示を出す。

「そこ、左折です」

「左折？　道なんてないぞ」

「あります。よく見てください」

　二つのライトが道の脇を照らす。ガードレールに切れ目。その向こうには鬱蒼《うっそう》とした森があるだけ……かと思ったが、よくよく見ると木々に隙間があり、獣道のような細道がかろうじて見えた。刹那は容赦なく言った。

「さあ早く」

「二人乗りの上に、こんな危ない道を……いや、やむを得ないか」

碧が――石橋を叩いて叩いて結局渡らないこともある先輩が――普段だったら絶対に言わないようなことを言った。最初に碧、続いて正義が獣道に突入する。とたんに、自転車の振動が激しくなる。自転車にとっても狭い道であり、刹那のシャツを無数の枝がひっかいた。今や彼女はトレードマークの白衣を脱ぎ捨てている。自転車に乗る上で邪魔だからだ。そのせいで生傷がいくつもできてしまったが……かまわない。

傷は治るけれど、玉華は今取り戻さなければ永遠に失われる。

脳内のエネルギーの大半を、玉華救出のために振り向ける。もう物理学者にはなれない物理班長。己の全存在をかけ、速度を、距離を、計算する。

「先回り、できるんですよね？」

「ギリギリです」

刹那は再び地図を凝視するが、木々のせいで星や月の光が遮られているし、揺れも激しい。

刹那は諦め、脳内の記憶を頼りにシミュレーションを行った。

「とにかく、この道がベストなはずです」

自転車が、ひときわ大きく揺れた。刹那はお尻の痛みをこらえる。

「次の分かれ道、右です」

「了解だ……先回りしたあとはどうすんだ？　走ってるバスの中から玉華をさらうのは、ちょっと難しいぞ」

「そこから先は、力業になります」

「力業？」

「『保存力』を利用します」

(私の物理学は。多分、この日のためにあった)

刹那は心の中でつぶやいた。自転車は飛ぶように、左右の木々を置き去りにする。あの人のもとへ、刹那を運ぶ。

＊

——窓際に座らせて。大好きな空と大地に、お別れがしたいから。

バスに乗せられるとき、玉華は父にそう言った。もちろん、諦めて運命を受け入れたわけではなく、逃走の可能性を少しでも探るためであった。バスの通路は補助席によってふさがれているので、逃げ道として使うことはできそうにない。とすると、残る選択肢は窓から飛び降りること。

乗車してから、父は常に玉華の隣で腕組みをしている。その向こう側の補助席には母が座っている。玉華は二人が居眠りでも始めてくれないかと、常に隙をうかがっていた。だが、父母はこの牢獄へのドライブの最中、ずっと律儀に目を開けていた。

時間はあとどれくらい？　二時間？　それとも一時間？

窓から見える景色は暗く、のっぺりしている。自然の声はエンジン音にかき消される。全部終わっていく。楽しかった日々は、もうはるか後方だ。

全然うまくいかない人生だった。中学までは父の言う通りにして、すべて失敗した。高校に入って、自分の部活を作って、仲間ができて……だけど結局、「最期」までは辿り着けなかった。やりたいことをやり切って死ぬつもりだったのに。今の玉華にとってのすべてを、奪われた。

仕方がないと割り切れるだろうか。冷たく寂しい牢獄の中で、諦めがつくだろうか。

……そんなわけがない。

私は生きたかった。やっと見つけた道を終わりまで歩いてみたかった。最期の瞬間まで、みんなで。

　こんなふうに死にたくない。まだ終わりたくない……。

「姉さん！」

　玉華が座席の上で肩を震わせていた、そのときだった。聞き覚えのある声を——いや、玉華の知っている声の主は、あんなふうに叫んだりしないのだが——耳にして、玉華は顔を上げた。バスの乗客はみんなびっくりしたようで……座席でうとうとしていた人は目を覚まし、小声で会話していた人たちは口をつぐんだ。

「あとで会いに来るから！　生物と物理と哲学の教科書、持ってくる！」

　それだけだった。声の主は、バス内の平穏を一瞬だけ乱し、静かになった。玉華がいるのと反対側の窓際では、外の様子をうかがおうと身をよじっている人が何人もいる。ざわざわと、ざわざわと。ざわめきはバスの中を波紋のように広がる。

　父は眉間にしわを寄せ、補助席に座る母に尋ねた。

「なんだったんだ、あのうるさいのは」

「分からないけど、誰かの弟が来てたんじゃない？」

「ふうん。まったく、迷惑なものだ」

　二人の会話はそれっきりだった。父は険しい表情で腕組みし、母は補助席で膝に手を置いてじっとしている。一方の玉華は……何食わぬ顔を保つのに、非常に苦労していた。

＊

月明かりというものは、意外と馬鹿にならない。碧がそのことを実感したのは、インフラが壊滅し、電灯という電灯がその役目を終えたあとになってからのことである。

避難民を乗せたバス群は、刹那の言う通りスピードを上げた。無論、不確かだった進路が月によって照らされはじめたからだ。かといって、月を恨むのはお門違いで、雲や風に対して悪態をつくのも詮無き事。

巨大なものに対して人間ができることは限られる。デルタが現れてから、碧たちは嫌というほど思い知らされてきた。にもかかわらず、彼らはこれでもかと抗い、もがいてきた。

今もそうだ。

月が出て、バスが速度を上げたなら、こちらもどうにか速度を上げるだけである。

——いいですか、碧先輩。

先回りし、急勾配の下り坂に辿り着いたところで、刹那が言った。一秒を惜しむように、早口で。

——「保存力」というのは、経路によって仕事量が変わらない力です。たとえば重力は、十メートルのビルから落ちるときと、高低差十メートルの坂道をくだるときとで、同じエネルギーを与えます。

——よく分からないが……それをどう使って、玉華を助けるんだ？

——この坂の勾配は約十％。三十六メートル下れば、三・六メートル分の位置エネルギーを得られます。運動エネルギー換算で、約三十キロ毎時。ここに碧先輩の全速力を加えます。

——このママチャリで、か。

——はい。ブレーキを使わず全力でこぎ続けてください。理論上は、六十キロ毎時まで加速できるはずです。

「ぐおおおおおおおおおおおお！」

ママチャリのペダルを全力でこいだのは、小学生のとき以来だ。肉体が風を切り、ライトが闇を裂く。転倒の恐怖に抗い、碧は下り坂で加速する。

前方には、道路が逆Y字状になった合流地点。野生動物たちの息づかいが聞こえてきそうな、山中に刻まれた道路であり、人家の類は付近には見当たらない。人里から離れたそんな道路において——たった今、二台目のバスがY字の結節点を通過したところだった。暗黒の中に浮かび上がるヘッドライトと、窓の光。

タイヤがアスファルトを嚙み締める力が、両脚に伝わってくるほどだ。両手に力をこめ、荒れ狂うハンドルを押さえ付ける。通過していく三台目は、すでに最後部の座席の人間を数えられるほど近い。次の車両のヘッドライトが、地面を照らしているのが見える。

狙うは四台目。乗降口の反対側。

正義からの報告によれば、玉華はそこにいる。

——並走する間に、玉華先輩の位置を確認。窓を開けてもらってメッセージカードを投げ入れます。そこには、シェルターに着いたときの救出作戦を書いておきます。

——メッセージカード？

——ええ。バスがこのあと目的地まで停車しないとしたら、助けられるのはシェルターに着いてから、中に入るまでの一瞬のみ。助けに行くことを玉華先輩に伝えて、シェルターに入るまでの時間をなんとか引き延ばしてもらいます。もちろん、カードが空気抵抗に負けないように、石か何かに貼りつける必要があるでしょう。ちゃんとキャッチしてもらえるかどうかは、賭けですが……。

——いや、それじゃダメだ。

——えっ？

——作戦をあいつの親に知られちまったら終わりだ。次はない。

——だったら……ほかに何か方法があるのですか？

——自転車に飛び移らせる。それが一番簡単だ。

——しょ、正気ですか⁉

——違うかもな。

——バス、来ましたよ！

もはや作戦とは呼べぬ代物だった。刹那の計算によれば、碧は下り坂を利用して時速六十キロまで加速する。バスと並走できるはずだ。あとは玉華に気付いてもらえるかどうか。いや、そもそも玉華が窓際にいるかどうか……。

（……いるかどうか、じゃない。間違いなく、窓際にいるはずだ）

ペダルを全力で踏みながら、しかし、碧は確信していた。

玉華が簡単に諦めるとは考えにくい。正義が言うには、各バスは補助席もフル活用しているため、走行中は通路が完全にふさがれているという。ならば、通路から逃げるのは非現実的。逃げるとしたら窓からしかないと判断するだろう。

だが、車から自転車への飛び移りなど、本当にできるものなのか。並走中にバランスを崩せば碧は死ぬ。飛び移りに失敗すれば二人とも死ぬ。

（いや、死なせない。最悪、俺がクッションになって玉華だけは助ける）

風圧に抗い、碧は目を大きく開ける。四番バスが合流地点を通過した。ほぼ同時に、碧を乗せた自転車も。

大型バスの横っ腹に、あたかもコバンザメのように、自転車が寄り添う。時速六十キロに迫る勢いで並び、走る。機械の力に人力で追いすがる。碧は暴れ自転車を死にもの狂いで制御した。制御しながら、バスの窓を見上げた。

速度はほぼ同じ……ややこちらの方が速いくらいだ。最後部から順に、前へ視線を移していく。眠った顔、青ざめた顔、死人のような顔……。

そして、車両の真ん中辺りの窓に見つけた。ポニーテール。最近ではとんと見なくなっていた、憂いの色を帯びた目。

(玉華!)

名前を叫びたかったが、呼吸するだけで精いっぱいだった。彼は汗を飛び散らせ、燃えるように熱い両脚にさらに力をこめる。汗と風が両目を攻撃する。それでも彼は、彼女を見据える。

玉華の視線が、窓の外へと向けられた。瞬間、憂いに驚きと、戸惑いの色が混じる。

上からと下から。二つの視線がぶつかった。自転車の速度が徐々に落ち、彼女の姿がじりじり遠のく。碧は必死にペダルを踏み食い下がろうとする。肺と心臓が悲鳴を上げ、足の感覚が薄れる。血が全身を駆け巡るが、足りない。前に進む力が失せていく。

バスが減速を始めたのは、ちょうどそのときだった。

奇跡……ではない。これも刹那の作戦通り。

(地図にもあった。この先には左カーブ。飛び移らせるならここしかない)

今や玉華は窓に両手をつき、不安げに碧を見つめていた。彼女の姿が再び近づく。今にもちぎれそうな両脚に鞭を打ち、心臓と肺を叱咤した。

碧は片手をハンドルから放し、ジェスチャーで伝えた。飛び移れ、と。玉華が目を見開き、後ろを振り返って……バスの窓に手をかけた。

碧は身構えた。正しくは、身構えようとした。

同時に、自転車のタイヤからすさまじい摩擦音が鳴った。

道はすでに、ゆるいカーブに移行している。碧は無意識のうちに道に沿って、ハンドルを傾けてしまっていた。自動車に並ぶ速度で片手運転していることを失念して。

突如、ハンドルが九十度曲がった。急激な制動がかかり、気付くと碧の体は宙に浮いていた。

(な、なにがどうなって……？)

脳が理解するには、現実の進行が速すぎた。

世界が回転する。違う、回転しているのは碧の身体だ。視界の端で、反対車線を越えた自転車がガードレールに激突。そのコンマ一秒後には彼自身、背中から樹木に叩きつけられた。痛み……などという生ぬるいものではなく、全身を粉々に砕かれたかのような衝撃。すべての空気が絞り出され、叫ぶこともできなかった。天地逆さまのまま、碧は地面にずり落ちた。

ガードレールの向こう側を、バス群が連続して通過していく。止めることはできない。力も、方法もない。

(ち……ちくしょうめ……)

呪詛《じゅそ》の言葉は、声にならなかった。それどころか、なんとか寝返りを打ち、ごつごつした木の根を枕とした碧は……しばしの間、体を起こすこともできなかった。体じゅう……特に背中が燃えるように熱い。痛みと熱の境目が曖昧になり、鼓動が痛みを身体の隅々にまでいきわたらせる。

痛い。熱い。

でも、命はある——。

「……輩、碧先輩!」

悲鳴のような女の声を聞き、碧は短い気絶状態から目を覚ました。首をわずかに動かし、そちらを見ると……月明かりに照らされて、正義が自転車で、後部に刹那を乗せて車道を走ってくるところだった。

「生きてますか！　碧さん！」

「し、心配すんな」

碧は体を起こそうとしたが、そのとたんに、これまでに倍する痛みに全身を苛まれ、うめいた。五、六度咳き込んでから、地に肘をついてかろうじて体を半分起こす。刹那と正義がガードレールを乗り越えた。

「碧先輩、頭を打ってはいませんか？　身体に何か異常は？」

「……手足はついてる。骨も平気だ。多分な」

「玉華先輩は……」

「目が合った」

碧は歯を食いしばり、震える手で額の汗をぬぐうと、ガードレールの向こう――道路の先に目を凝らした。ちょうど、最後尾のバスのテールランプが、角を曲がって見えなくなるところだった。ぐずぐずしている暇はない。

「ゴホッ……とにかく次だ。次の作戦を頼む」

「それが……」

刹那は碧を助け起こしながら、言葉を濁した。

「どうしたんだ？」

「ルートが、想定と違うんです」代わりに答えたのは正義だった。「左カーブのあとは直進するはずだったんですが……バスは右折していきました」

「どういうことだ？」

「事前に通知されていたのと、違うシェルターに向かうみたいなんです」

背中を中心としたひどい痛みを忘れるほどに、碧の全身は緊張した。違うシェルターに行く。それが本当なら、ルートの予測も近道もできず、シェルターに直接助けに行くことも不可能。

「理由は不明ですが、予定を変更したようです」

刹那は懐中電灯の光を頼りに地面に地図を広げる。表情は険しかった。

「練り直さないと」

練り直す。

その言葉が、碧の鼓膜を揺らし、熱をもった頭の中で反響した。そんな時間がないことくらい、いくら思考力が低下していても理解できる。バスはもう行ってしまったのだ。今からあれこれ考えていては、追いつき、追い抜くどころか、見失ってしまう。

(何してるんだ。玉華が、行っちまうぞ……)

地べたに尻をついたまま、碧は絶望を振り払おうとする。

（おい、どうにかしろ天堂碧……取り返せ、迎えに行け……。だがどうやって……？）

この状況では、先回りするのは至難の業。おまけに、仮にそれができたとしても、こんなに都合のいい坂道がもう一つあるとも思えない。走行中に玉華を飛び移らせるのは、もう無理だ。

八方ふさがり。絶望は碧の身体にまとわりつき、彼の心をへし折ろうとする。碧はうなだれた。暗い地面に、身体が吸い寄せられていく……。

そのとき。

「まだです、まだまだこれからです」

震える声を絞り出したのは、正義だった。

「僕はまだ諦めてません。諦めるのは人類の義務に反します」

「え？」

碧は顔を上げた。しかし、正義が何を言い出したのか、まったく分からない。

「そういう本を読んだんです。ええと、たしか『権利のための闘争』。イェーリングの本です。身体の自由は基本的人権……。そして、人権のために戦うのは人類の義務だと、イェーリングも言ってます」

（いや、人類の話はしてないんだが……）

そう口に出しかけて、碧は思いとどまった。正義の目には、暗がりでも分かるほど涙がたまっている。彼は言葉を続ける。

「こ、ここで諦めたら、僕らは人間として死ねません。たとえ地上から他の人間がいなくなったとしても、僕は最期まで人間らしくありたい。人間で……」

そこで限界だったらしい。正義は嗚咽した。言いたいことはよく分からない。というか、単に頭が混乱しているだけなのかもしれなかった。なんともおかしくて、碧は思わず笑ってしまった。

「ど、どうして笑うんですか。僕は真剣に……」

「いや、悪かった」

謝りながら、碧は全身の筋肉に命令を送る。身体の動きは錆《さ》びた機械のようにぎこちなかったが……先ほどよりずっとマシだ。動ける。

一方の刹那は、引き続き地図と格闘している。状況が悪化したにもかかわらず、文句も言わずに。

後輩たちの心は折れていない。

「正義。ごちゃごちゃ細かいことを考えるのは、お前さんの悪い癖だぞ」

よろめきながら、碧は立ち上がった。痛みに顔を歪めながらガードレールに歩み寄り、倒れた自転車を調べる。カゴがめちゃくちゃにひん曲がっているが、まだ走りそうだ。

身体と、自転車は無事だ。となると問題はやはり、どう追いつくかと、追いついたあとにどうやって玉華を救出するか。急な進路変更の理由は分からないが、バスに何らかの不具合があったのでもなければ、これまで通りの速度を維持するはずで……。

（……ん？）

急な進路変更？

ごちゃごちゃ考えるのは悪い癖。正義にそう言ったばかりだというのに。碧の頭の中に、さまざまな記憶がごちゃごちゃと蘇ってきた。

世界暴動。襲撃されたのはマスコミや公的機関。闇市で見つけた、暴動を呼びかけるビラ。演劇の中止要請を出してきた警官たち。

そして、バスは日が暮れてから出発した。まるで誰かの目を恐れているかのように。

（違う、〝急な〟進路変更じゃない）

冷たいガードレールに手をつき、脳を最高速で回転させる。碧の頭の中で、点と点がつながっていく。

（この進路はおそらく予定通りなんだ。一般人には、わざと別のシェルターを通知して、本当の目的地を秘密にした……）

避難を統括しているのは、政府である。暴徒の襲撃を恐れている。ゆえに、行き先をごまかして裏をかいた。さらに、少しでも進路変更を悟られにくくするために、夜間の移動を選択した。

実際に暴徒がいるかどうかは、この際、どうでもいい。碧たちにとって重要なのは〝相手は警戒している〟という事実。

(そうか。だったら、付け入る隙はある)

「……見つけました」

碧が頭の中で、ある種の確信を抱いた直後。タイミングよく、ペンを耳に挟んだ刹那が走り寄ってきた。

「もう一か所、ショートカットできます。そこに辿り着く前には細い道やカーブが多いので、平均速度も落ちるはず……あと一度なら追いつけますよ」

「次の分岐の手前か」

碧は地図を懐中電灯で照らし、つぶやいた。たしかに、その場所までは一本道だから、バスは必ず通過するだろう。ルートを予測できるのはこれが最後。泣いても笑っても、玉華の運命が決まる。同時に、碧の運命も。

「……刹那、『メール』用の懐中電灯、お前さんも持ってきてるか？」

「え？　はい、一応」

「正義、バスは補助席も含めて、満席なんだったな？」

「そ、そうですけど、いったい……」

「よし。まだやれるぞ」

碧は、痛みをおしてガードレールを跨ぎ越えた。もはや一秒も無駄にはできない。彼はカゴの歪んだ自転車を起こすと、速やかに出発した。

＊

一番バスの運転手・塚田《つかだ》は、ひどく疲労していた。ここ一週間、政府の命令に従って周辺地域の住民を朝から晩まで移送し続けている。最新技術を投入した、極めて安全性の高いシェルター……という触れ込みである。それが本当なら、地球を「かすめる」というデルタによる災害から、生き延びることだってできるかもしれない。

しかしながら、塚田は知っている。シェルターの中には、急ごしらえで形だけ整えたような、粗悪な施設も交ざっている、と。だからこそ、反政府組織がバスを襲撃し、移送を妨害する事件が多々発生しているのだ、と。

今日これから向かう施設が、そうした「はずれ」の可能性だってある。計算上、各シェルターは数万あるいは数十万人が避難できることになっているが、「はずれ」施設に水や食糧の備蓄はほとんどない。収容人数にしても、万単位の人間が「ギリギリ寝そべることができる」というだけだ。しかも、一度入れば外には出られない。

環境は監獄並みに劣悪……いや、監獄よりもひどい。「はずれ」のシェルターに入れば、デルタ衝突までの一か月どころか、一週間も生きられまい。

(妨害したくなる気持ちも、分かるな……)

だが当然、同乗している政府の役人に、行き先のシェルターの質を尋ねたりはしない。彼らは銃を隠し持っているし……何よりも、塚田は比較的上等なシェルターに入れてもらうために、この仕事に従事しているのだから。おかしな乗客に殴られても、車酔いの吐瀉物を引っかけられても、横柄な役人に怒鳴られても、ひたすら耐えてきた。それを、余計な一言で台無しにしたくはない。沈黙は金。ただ機械的に、運ぶだけだ。

人間性のみならず、注意力までも摩耗していた。おまけに、「道中、襲撃があるかもしれない」という恐怖心もあった。

ゆえに、前方に突如として光源が現れたとき、とっさにはその正体を見極めることができなかった。

（あれは……ライト？）

塚田は道路の先――二つ並んだ光を目にして、眉をひそめた。対向車のヘッドライト……だとすれば、おかしなことは何もない。ガソリンが超高額になったとはいえ、交通量が皆無になったわけではないのだから。

だが、一瞬ののち、そうではないと気付くこととなる。

光は対向車線ではなく、明らかにこのバスの進路上に位置していた。

（……まさか⁉）

……闇の中に輝くそれに気付いたのは、塚田を含む数人――一番バスに乗る者の一部だけだった。だが気付こうが気付くまいが、次の瞬間には異変は数十台のバスすべてに伝わった。

それが滅亡地球学クラブによる、部長救出プランBの幕開けなのだと、バス内の者たちには知る由もなかった。

たった一人、玉華を除いては。

＊

「これはお前のためでもあるんだ」隣の席で腕組みをし、父は言った。エンジン音に紛れないギリギリの声量だった。「こんなとき、最後まで信頼できるのは家族だ。ほら、見なさい」

小松玉華は、しばらく父親を無視していたが、もう一度「見なさい」と言われ、仕方なく周囲を見回した。子を挟んで身を寄せ合う男女。先ほどから片時も手を放さない老夫婦。犬のケージを抱え、小声で話しかけている少女。幼子を抱いた父親、母親。故郷を山賊に焼かれた村人たちだって、ここまで沈痛な面持ちをするかどうかは分からない。

「それで？　信頼できる家族と一緒に、棺桶の中へとびこむわけ？」

「一時の感情に流されてはいけない。考えてもみなさい。研究とやらを頑張ったって、データがすべて灰になったら意味がないだろう。わずかな可能性だとしても、そこに賭けて避難する。合理的じゃないか」

「政府の思うつぼだね」

「そもそもお前の仲間だって、お前がいなくても研究を続けられるだろう」

声には憐《あわ》れみさえも混じっていた。小学生のときのピアノ。私学受験。中学でのバレーボール。父の中では、玉華は社会的な敗北者——何一つうまくやれない落ちこぼれ。

「たしかに、全部失敗してきたよ」

玉華は、窓の外の闇へと目を向け……微笑した。

「だけどね、これから先も全部失敗するだなんて、勝手に決めないで。私の生き方も死に方も、私が決める」

「わがままを言うんじゃない。幼稚園児じゃあるまいし」

「私はやるよ」

許可を求めているわけではない。それは宣言だった。今の玉華の行動を左右できるのは、二年間かけて築き上げた自分自身。それだけだ。

「……私の居場所は、ここじゃないんだ」

「何だと？　訳の分からないことを……」

父は初めて訝しげな顔をした。彼の言葉は、最後まで続かなかった。

一番バスの運転手・塚田が前方の光源を認識したのは、そのときだ。

突如として出現した光は二つ。煌々《こうこう》と輝く一対のライトが、バスの正面に立ちはだかる。逆走してくる車の、ヘッドライト――過酷な長時間労働と暴徒への恐怖により、運転手がそう思ったのも無理からぬことだ。ブレーキ。二番以降の数十台は理由も分からず同じ動きを強いられ、後方では追突を避けるために列が乱れる。ガードレールに衝突しかける。四番バスはマシな方だった。それでも、急な減速に乗客は狼狽した。

「なんだ⁉」

玉華の父は困惑しつつも、とっさに補助席の母を両手で支えた。「急ブレーキにご注意ください」という自動音声。ケージに入れられた犬や猫が、家族の膝の上で不安げに鳴く。視界を埋めるのは闇と、三番バスの尻。何も見えぬと分かっていながら、乗客は視線をただ前へ。

しかし、玉華だけは違った。

彼女は知っていたから。もう一度、必ず助けに来ると。

(最期に何をやりたいかって、ホントはね)

突然の事態にも、彼女は動揺しなかった。彼女は勢いよく窓を押し上げ、身を乗り出した。夜風が頬を撫で、滑っていくアスファルトが目に映る。母の悲鳴。背後から父の手が伸びてくる。

直後、もう一度揺れが来た。

玉華は、その揺れにも対応した。

(あなたと一緒なら、なんだっていいんだ)

今度の揺れに一番バスは無関係だった。三番と四番の車間を、素早く何かが駆け抜けたのだ。

――人⁉ 自転車⁉

暗闇の中、一瞬の出来事。まともに見極めることなどできはしない。運転手が認識できたのは、「危険」という事実のみ。

──接触する……！

とっさの判断により、四番運転手はハンドルを右に切った。慣性により、父は通路側へ揺られる。補助席にいる母の体に覆いかぶさり、うめき声を上げる。

その隙に。

玉華は細い体をさらに縮めると、窓枠に足をかけ、躊躇なく乗り越えた。体勢を立て直した父の手が再び伸びてきたが、空を切る。すでに彼女の体は落下を開始していた。

夜の中へ。多少減速したとはいえ、眼下の地面はいまだに危険な速度で流れている。必然的な帰結として、彼女は着地と同時に足をとられ転倒、両脚を骨折──しない。

彼女の落下地点にいたのは、バスと並走していた自転車だった。両者の相対速度はゼロ。自転車の上の男は片手を伸ばし、バスから飛び出した玉華をその胸で抱きとめた。大きく左右に揺れ、転倒寸前になる自転車。彼はバスの腹を蹴って体勢をなんとか保った。

「ごめん。すっぽかしちゃって」

「いや、俺も今来たところだ」

坊主頭の男──天堂碧は、玉華を抱えた無茶な姿勢のまま対向車線を横切った。

「玉華！　玉華！」

「落ち着いて！　席に戻って！」

「放せ！　娘を連れ戻す！」

「外は危険です！　これはおそらく、いたずらではなく……！」

言い争う声が、次第に小さくなっていく。振り向かなかった。身をよじってなんとか碧の後ろに体を移し、背中にしがみつく。すでに二人は車道をはずれ、林の中へと突っ込んでいた。

乗り物は白馬ではなくボロボロの自転車だし、軽やかに進むどころか常にガタガタと揺れて最悪の乗り心地。それでも、不思議と良い気分だった。

無灯火のまま、自転車は木々の間を駆け抜ける。背後に残してきたバスの方から、騒々しい叫び声が聞こえてくる。

「追ってくるよ。銃を持ってる人もいる」

「いや、追っては来ないさ。俺たちを反政府組織だと思ってるなら、バスを守ることを優先するはず」碧はチラリと、左方向に目をやった。「それに念のため、保険もかけてある」

玉華も碧の視線を追った。生い茂る枝葉の向こう——かなり遠くに、ぼんやりとした光が揺れている。

「あれは……？」

「碧先輩」

玉華が揺れる光の正体を尋ねかけたとき、まさにその光の方から、別の自転車がやって来た。碧はブレーキをかけ、その新たな無灯火自転車と合流する。

目を凝らすまでもなく、シルエットで分かった。こいでいるのは正義、後ろにいるのは刹那。彼女は玉華を見つけるや否や、自転車からとび降りて抱き着いてきた。

数秒間の抱擁。そして、背に回していた腕をほどくと、刹那はもういつもの冷静な顔に戻っていた。彼女は自転車の後部に戻りながら言う。

「碧先輩。懐中電灯、結びつけてきました。追っ手がいても、あっちに向かうはずです」

「分かった。助かる」

「よかったです玉華さん……本当に」

正義が涙声で言った。だが、再会を喜んでいる時間はない。碧と正義はすぐさま地面を蹴って勢いをつけ、自転車を発進させた。

「でも、碧先輩。これで懐中電灯はなくなってしまいました」

「どうでもいいさ。どのみち、しばらく無灯火の方がいい」

「碧、どこへ逃げるの？」

「もちろん帰る。明日は平日だからな」

碧は躊躇《ためら》わず言った。玉華の胸は満たされていた。死への恐怖と理不尽への怒りは薄れ、やがて消えていった。玉華の生がそこにあった。

（さようなら。お父さん、お母さん）

自分を呼ぶ声がまた聞こえた気がしたが、玉華はやはり振り返らなかった。

彼らはまもなく闇の中に溶け、誰の手も届かぬ場所へ去って行った。

9章

生き方、死に方

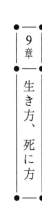

濃紺の空が白く明けはじめたとき、滅地部の四人はビニールシート上に腰を下ろし、東の山並みを眺めていた。瞬いていた星々は徐々に消え、妖星デルタさえも、その赤い光を空の中に溶かし込もうとしている。彼らの傍らには望遠鏡と四台の自転車。一台はカゴが歪み、別の一台はフレームが傷だらけだ。

木々に囲まれた小さな草っ原。山小屋カメラの前で、四人は静かな時を過ごしている。

早起きの鳥たちは木から木へと舞い飛び、歌い、踊り、祝っている。あの小さな命たちは知っているのかもしれない。町から人間が消え失せ——地上の大部分が動物たちに返還されたことを。

「私、火星に行くことにしました」

食べ終えた缶詰をビニール袋にきちんとしまい、刹那が言った。正義は驚いた様子だったが、碧は、すんなりとその言葉を受け入れることができた。

「決めたのか」

「はい。先輩に言われたことを、考えました。父のことを許せないから、ロケットには乗らない……。そんな選択の仕方では、私はきっと後悔します。自分の最期は、他人ではなく自分を基準に決めたい」

刹那は、父親を「他人」と言い切った。彼女にとっての物理学はもう、父の真似事ではないのだろう。

「自分の胸に聞いてみました。私の心は……やっぱりもう少しだけ、物理を勉強したいと言っているんです。多分、宇宙は私にとって、最高の教室になってくれます」

「そうか」

碧はうなずくと、眠い目をこすって空に火星を探したが……生憎、見つからなかった。

あの脱走劇を演じてから、二度目の夜明けだ。彼らは闇に紛れて熊田原町に戻り、四人だけの時間を過ごした。逃避行と、その後の三十数時間——それが、延期になっていた旅行の代わりになった形だ。その間に、それぞれが身の振り方を決めた。

玉華が、刹那の両肩に手をやり、彼女の眼鏡の奥をじっと覗き込む。

「無理してない？」

「手本を見せてもらいましたから。私は私のやり方で親離れします。逆説的ですが」刹那は微笑み、穏やかに言った。「隠蔽に加担した物理学者・堤教授の娘ではなく、滅地部の物理班長・堤刹那として、宇宙に行きます」

「分かった。じゃあ、これをお願いね」

玉華はビニールシートの端から鞄を引き寄せると、分厚いファイルを取り出した。パラパラとめくって、目を細めてから、刹那に差し出す。神聖なもののように、丁寧に。

「できればデジタルデータ化して」

「スキャンしてしまえばすぐですよ。宇宙飛行訓練の合間にやります。さすがに、休憩くらいはありますから」

刹那はファイルを受け取ると、目を閉じ、胸に抱いた。滅亡地球学クラブの、これまでの研究データ。碧も正義も文句は言わない。言うはずがない。彼らの生きた証は、わずかでも可能性がある者が持つべきだ。

「……たしかにお預かりしました」

「火星の夕焼けが本当に青いのかどうか、見て来てくれ」

「……はい」

刹那は碧と正義と握手をした。玉華は、彼女を強く抱きしめた。

「ありがとうございました。私はみなさんが好きです。これまでも、これからも。ずっとずっと」

「知ってるよ」

玉華は笑った。刹那は泣いていた。けれど彼女も、眼鏡をはずして目元を拭ってから、笑顔を見せた。

それで、お別れは済んだ。

物理班長は、自転車の一台を起こすと、木々の間の狭い道を押して、去っていった。

「僕は、シェルターに向かいます」

ビニールシートをたたみ終えると、今度は正義が言った。両目は前髪に半ば隠れていたが、潤んでいることは分かった。それでも彼は、真っすぐに碧と玉華を見ていた。

「シェルターはたくさんあるぞ。あのバスの行き先は分かるのか？」

「大丈夫です。どこだろうとシェルターにさえ辿り着ければ、端末で検索してもらえるはずなので」

「そっか。まともなシェルターだといいけど」

「どちらにせよ、妹がいます」

正義は、兄としての顔に戻ろうとしたのか、一瞬唇を引き締めかけた。が、それも難しかったらしい。涙がひと筋、頬を流れた。

「僕はこれから死ぬまで、妹の傍にいます。もちろん、滅地部の一員として研究も続けるつもりです。シェルターにはいろいろな人がいるでしょう。歴史について、聞き取り調査もできると思います」

「それは面白そう」

「しっかりやれよ。……ああ、もし向こうで久人に会ったら、俺たちも元気でやってるって伝えておいてくれ」

碧は、文庫本の詰まった紙袋を正義に渡した。玉華、碧、刹那の三人が自宅の本棚で集めてきたものだ。正義は深々と頭を下げた。

「お世話になりました」

「こっちのセリフだ。いろいろありがとな」

短い間だったが……碧にとって、弟ができたような気持ちだった。そのことを伝えようかと一瞬迷い、照れ臭いのでやめておいた。

それなのに、玉華が代わりに言ってしまった。

「弟ができたみたいだったよ。碧もそう思うでしょ？」

「ん？　ああ、まあな」

碧は素直に同意した。はにかむ正義の胸を、拳でトン、と叩いてやる。正義は何も言わずに頷いた。

正義は自転車を押しながら何度も振り返り、手を振り手を振り、歩き去った。

「……さて、俺たちだけになったな」

「だね」

二人はしばらく雀の声が響く中でぼんやりしていたが、やがて自分たちの自転車を起こした。デルタはもう、空の色に紛れて見えなくなっていた。二人は自転車を押し、ゆっくりと、狭くでこぼこした山道を下りていく。

山道を抜けたあと、二人は並んで自転車をこぎだした。ゆるやかな坂道を下ると畑と住宅が見えてくる。畑では青々とした野菜たちが、永遠に来ない収穫者を律儀に待っていた。ある家の玄関の前では、犬が微動だにせずに座り込んで、じっと遠くを見つめていた。どこから来たのか、畑の真ん中を大きな牛が歩いているのも目撃した。

踏切の手前で曲がって、線路沿いへ。線路にはいつもの通り、投棄されたゴミが目立つ。空き缶、雑誌、電化製品。

人の営みの跡はある。しかし、人の気配はまったくない。

「明日からの研究データ、どうするか考えないとね」

「そうだな、難しい問題だ」

眠気に抗ってペダルを踏みつつ、碧は答えた。これまでの分は刹那に預けたが、これからの分をどうするか。しまっておくだけでは、やがて来る天変地異のためにダメになってしまうだろう。人類滅亡後も、しばらくは残ってくれなくては面白くない。

「石板とか粘土板とかなら、どうだろうな」

「原点回帰だね」

「けど、地球の形が変わるくらいの衝撃に耐えられるかどうか……」

再び住宅街に入る。猫が塀の上を駆け抜け、すぐに姿を消した。煙突から上がる煙はない。一方通行の道路が妙に広く感じられた。大小さまざまなプラスチックが山積みになったゴミ捨て場を、カラスがじっと見つめている。

「あっ、待って」

急に、玉華がブレーキをかけたので、碧は靴底で地面をこすって急停止した。振り向くと、彼女はゴミ捨て場の前まで引き返す。カラスが慌てた様子で飛び去った。

玉華はポケットに手を入れ、国民カードを取り出した。碧も隣に並ぶと、無言でそれに倣う。二人はどちらから言い出すでもなく両手に力を込め、カードを真っ二つに割った。一度顔を見合わせてから、ゴミ山の中に放り捨てる。彼らは声を上げて笑った。

「俺は」笑いが収まり、声が空高く昇って溶けていったあと、碧は言った。「今死んでもいいかもしれないな」

「私は、もう少し生きていたい」

碧は両の眉を上げた。彼女が死に方を云々するのではなく、明確に「生きたい」と言ったのを、初めて聞いた気がする。

だったら。

「……だったら、俺もそうしよう」

あと、一か月。

彼女が最期に何をやりたいか、碧はまだ知らない。きっとそのうち教えてくれるだろう。

とにかく今は、寝不足で頭が働かない。その日の予定を考えるだけで精いっぱいだ。

「今日はたしか、英語、体育、物理、古典、日本史……だっけ？」

「全部自習か……とはいえ、もう少し寝ておきたかった」

二人は再び、自転車で走りはじめた。東の山間から、すでにギラつく太陽が顔を出していた。

「じゃあ。また学校で」

丁字路にさしかかったところで、二人は別れた。碧は右へ、玉華は左へ。また一日が始まる。鶏がわめきながら、道の真ん中を走り回っていた。

解説

栗俣力也

あと110日で世界は滅亡する。

そんな事になったらこの世界はどんな状況になるのだろう。

2020年、新型コロナウィルスの世界的な流行により緊急事態宣言が出されるなどし、当たり前だと思っていた日常が決して当たり前ではなかったことに気づかされた。

駅や繁華街からは人がいなくなり、不況から多くの店舗が閉店や臨時休業するなど街はその姿を大きく変えた。またコロナ禍の中で人々が思想の違いからネットなどで対立をする様子もコロナ前とは比較にならないほど増えたように思う。

誰もがマスクをして過ごすという以前では考えられなかった状況にすら違和感を覚えない

ほど馴染んでしまった自分がいる。

この作品『われら滅亡地球学クラブ』はそのタイトル通り、滅亡のカウントダウンが始まっている地球で滅亡まであと少しの日々を懸命に生きる少年、少女の物語だ。

教師の失踪が当たり前の事のように語られるところから始まる第一章では、滅亡地球学クラブの日常の一瞬が書かれている。

あけっぴろげで頭で考えるよりも体が先に動いてしまうようなタイプに見受けられる少女「玉華」。そして「あーやれやれ」なんて頭をかきながら（決してそんなセリフやシーンは無いのだが読んでいるとそんな場面を何度もイメージしてしまった）玉華の横にいて突拍子もないような行動をいつも見守り、時に助けたりしてそうな少年「碧」、そしてそんな二人に囲まれながらクールでマイペースな少女「刹那」。

そんな三人はある計画を立てている。小屋をまるまる使ったピンホールカメラで特大の写真をとる！　という何とも壮大で楽しそうな計画だ。

しかしこの世界はもうすぐ滅亡を迎える。

だからこそ滅亡の寸前にしかできない何かを探し、実行する。滅亡を嘆くのではなく利用する。それが「滅亡地球学クラブ」の活動だ。

この第一章で碧がこんな世界の中でも自転車の二人乗りを求める玉華に「二人乗りは危険だ」と断る姿が印象的に書かれている。

そして最後の一行はより印象的だ。

「そして玉華は。この滅ぶ地球で、死に方を探している。」

第二章はそんな滅亡地球学クラブの新人勧誘の話だ。

いつものごとく玉華は思いつきのようにこの滅亡する世界の歴史を研究しようと提案する。町の歴史も世界の歴史も全部。

二年前にこの世界が滅亡するきっかけとなる隕石の衝突の発表がなされ、世界暴動が起きる、その直前からの世界が終わっていく歴史。

いかにも世界の滅亡の直前だからこそできる研究だ。しかし現在のメンバーには世界史などが得意なものはいない。そこで玉華が考えたのが新人の勧誘。彼女は岩波文庫を読んでいるから歴史に詳しそうだという理由で「正義」という少年にターゲットを絞り、勧誘を始める。

この二章でその後、四人は天体観測を行うことになる。この地球に衝突するデルタを観測する。楽しそうに観測などしながら平然と終末を過ごしていそうに見える三人の姿を見て、正義が碧に問いかける。

「みなさん、怖いとは……死にたくないとは思わないんですか？」

碧の答えは人として当たり前のもので、しかしこの物語の見え方を変えるようなそんな回答だった。

そしてこの第二章は正義の「妹が生まれる」という切なくなるような言葉で締めくくられる。

続く第三章にはそんな正義の妹が生まれ、正義がクラブへ入る事を決意するまでが、四章では刹那、そして碧の滅亡地球学クラブへ入るまでの過去の物語が紡がれる。

そして第五章、ここで書かれるのはそんなメンバーをまとめる玉華の過去だ。

思いがけないはじまり。玉華の話であるという事を理解するまでに時間がかかってしまったほど、そこに書かれる姿はこれまでの彼女と別人だった。

親のいう事を操り人形のように聞き、しかし期待される結果は伴わず罵倒される日々。「育て方を間違ったか。」そんな父親の言葉に、枕に顔をうずめて泣く玉華。

上手くいかない事ばかりの日々を送ってきた玉華にとって滅亡地球学クラブの面々との毎日はかけがえのないものとなっていた。自分にはできないことができる、才ある仲間たちと一緒にいる事が新鮮で楽しく、自分も何かを成し遂げているような気分になれる。

そしていつも「ただの思いつき」だと思われていた提案の数々は、事前に何日も何日も必死で知恵を絞った結果の提案であったことが明かされる。

いったいどうすれば楽しい部活になるか。みんなで笑って死に向かって歩めるか。部長として行動方針を発表するとき、決して顔には出さないが今でも緊張をしているという彼女の想い。

臆病な彼女の一面に触れて、物語の深みが一気に増していく。

そしてこの五章では住民のシェルターへの避難が来月から順次始められると告げられる。それが本当に安息の地なのか地獄なのか……そんな不安と共に確実に終末は近づいてくる。

第一章、第二章でクラブの日常の姿を見せ、第三章から第五章でクラブメンバーの過去を知り物語に深みと厚みを持たせ、思いっきり感情移入をさせてからの第六章からの展開は加速度的に読む者の感情を揺らしてくる。

そして迎える第六章から八章について解説を書くのは野暮というものだろうからあえて書かない。

それこそ読む者が自分の中で大切にしたいと思う感情に解説なんて不必要だと私は思う。

しかしもし、ひとつだけ語るならば「自転車」のシーンには目頭が熱くなり紙がクシャっとなってしまうほど本を持つ手に力がはいってしまった。第一章でのあの自転車のシーンとの対比。そして碧の想いと玉華の行動。

小説を読む楽しさというのはまさにこの瞬間と思えるようなそんな展開がここには待ち受

けている。

そして次の第九章でこの物語は締めくくられる。

最後になるがこの解説は向井湘吾先生の前作『リケイ文芸同盟』のカバープロデュース、カバーデザインを変えて仕掛け販売をするという企画を行わせていただいたことをきっかけに御縁をいただいた。元々素敵なイラストのカバーだったのだがタイトル部分に「理系な僕の本の愛し方」という文言を副題という形で入れさせていただいた。この『リケイ文芸同盟』は出版界のリアルを書いた、本を売るためのお仕事小説で、こちらも『われら滅亡地球学クラブ』同様オススメの作品だ。

向井湘吾先生は日本数学オリンピックにてAランクを受賞し、本選出場経験もある。そんな向井先生だからこそ書ける小説は他の作品にはない魅力が詰まっている。

ぜひ『リケイ文芸同盟』はじめ過去の向井先生の作品も味わっていただきたい。

きっと心がざわめく楽しさがそこにあるはずだから。

——書店員

この作品は、二〇一九年十月から二〇二〇年三月まで「朝日中高生新聞」に連載されたものを大幅に加筆・修正したものです。

幻冬舎文庫

●最新刊
はじめましてを、もう一度。
喜多喜久

「私と付き合わないと、ずばり、死んじゃう」。彼女は、天使のような笑顔で言った。出会った瞬間に永遠の別れが決まっていたとしたら――？　〝予知夢〟で繋がった二人の、泣けるラブ・ミステリー。

●最新刊
その日、朱音は空を飛んだ
武田綾乃

高校の屋上から飛び降りた川崎朱音。拡散されている自殺の動画を撮影したのは誰か、そこに映っていた〝もう一人〟は誰か、そもそも本当に自殺だったのか。――真実だけは、決して誰も語らない。

●最新刊
向こうの果て
竹田　新

同棲相手を殺害した容疑で逮捕された池松律子。若手検事が取調べに当たるが、動機は語らない。調べを進めると彼女を知る男達の証言によりいくつもの顔が浮かび上がる。真実の顔はどれなのか。

●最新刊
ドS刑事　井の中の蛙大海を知らず殺人事件
七尾与史

マヤに一服盛られ、〝ハネムーンの下見〟のために豪華客船に〝拉致〟された代官山。しかしその船には「マモー」と名乗る人物による時限爆弾が仕掛けられていた。人気シリーズ第六弾！

●最新刊
世にも美しき数学者たちの日常
二宮敦人

類まれなる頭脳を持った〝知の探究者〟たちは、凡人といかに違うのか？　7人の数学者と4人の数学マニアを通して、その深遠かつ未知なる世界を探る！　知的ロマン溢れるノンフィクション。

幻冬舎文庫

●最新刊
メガバンク全面降伏
常務・二瓶正平
波多野　聖

株式市場が大暴落し、TEFG銀行は全ての融資先を見直すことに。そんな中、政治家たちの口座情報が次々と盗まれる。人質は、彼らの莫大な預金。犯人の要求は、そして黒幕は一体誰なのか。

●最新刊
モネのあしあと
原田マハ

マネ、ドガ、ルノワール。誰もが知る「印象派」だが、モネの《印象―日の出》が「印象のままに描いた落書き」と酷評されたのが端緒だ。波乱に満ちた人生をアート小説の旗手が徹底解説。

●最新刊
やっぱり、僕の姉ちゃん
益田ミリ

勝負下着は、戦の規模で使い分け。恋のライバルは、付き合い始めの頃のわたし。失恋してちゃんと泣くのは、恋をしていた自分への礼儀。僕の姉ちゃんの言葉には、恋と人生の本音がいっぱい！

●最新刊
いのちの停車場
南　杏子

六十二歳の医師・咲和子は、故郷の金沢に戻って訪問診療医になり、現場での様々な涙や喜びを通して在宅医療を学んでいく。一方、自宅で死を待つ父親からは積極的安楽死を強く望まれ……。

●最新刊
ブランケット・ブルームの星型乗車券
吉田篤弘

ようこそ、毛布をかぶった寒がりの街へ。本好きのための酒屋「グラスと本」、別れについて学ぶ「グッドバイ研究所」、春の訪れを祝う「毛布を干す日」。読むだけで旅した気分になる、架空の街の物語。

われら滅亡《めつぼう》地《ち》球学《きゅうがく》クラブ

向井《むかい》湘吾《しょうご》

令和3年4月10日　初版発行

発行人――――石原正康
編集人――――高部真人
発行所――――株式会社幻冬舎
〒151-0051東京都渋谷区千駄ヶ谷4-9-7
電話　03(5411)6222(営業)
　　　03(5411)6211(編集)
　　　振替00120-8-767643

印刷・製本―図書印刷株式会社
装丁者――――高橋雅之

幻冬舎文庫

ISBN978-4-344-43082-2　C0193　む-8-2

幻冬舎ホームページアドレス　https://www.gentosha.co.jp/
この本に関するご意見・ご感想をメールでお寄せいただく場合は、
comment@gentosha.co.jpまで。